AF199748

Tucholsky   Wagner   Zola   Scott   Freud   Schlegel
     Turgenev   Wallace   Fonatne Sydow

     Twain   Walther von der Vogelweide   Fouqué   Friedrich II. von Preußen
                  Weber   Freiligrath   Frey
                              Kant   Ernst
Fechner Fichte Weiße Rose von Fallersleben   Richthofen Frommel
                              Hölderlin
     Fehrs   Engels   Fielding   Eichendorff   Tacitus Dumas
              Faber   Flaubert
                              Eliasberg   Ebner Eschenbach
Feuerbach Maximilian I. von Habsburg Fock   Eliot   Zweig
              Ewald   Vergil
     Goethe   Elisabeth von Österreich   London
Mendelssohn Balzac   Shakespeare
                   Lichtenberg   Rathenau   Dostojewski   Ganghofer
     Trackl Stevenson   Doyle   Gjellerup
Mommsen   Tolstoi   Hambruch
          Thoma   Lenz   Hanrieder Droste-Hülshoff
Dach   Verne   von Arnim   Hägele   Hauff   Humboldt
       Reuter   Rousseau Hagen   Hauptmann
Karrillon   Garschin   Gautier
          Damaschke   Defoe   Hebbel   Baudelaire
                      Descartes
Wolfram von Eschenbach   Dickens   Schopenhauer Hegel   Kussmaul Herder
     Bronner   Darwin   Melville   Grimm Jerome Rilke   George
     Campe   Horváth   Aristoteles   Bebel   Proust
Bismarck   Vigny   Barlach Voltaire Federer   Herodot
                Gengenbach   Heine
Storm   Casanova   Lessing   Tersteegen   Gilm Grillparzer Georgy
          Chamberlain   Langbein   Gryphius
Brentano   Lafontaine
Strachwitz   Claudius   Schiller   Kralik Iffland Sokrates
       Katharina II. von Rußland   Bellamy Schilling
                            Gerstäcker   Raabe Gibbon   Tschechow
Löns   Hesse   Hoffmann   Gogol   Wilde   Gleim   Vulpius
   Luther Heym   Hofmannsthal Klee Hölty Morgenstern
       Roth Heyse Klopstock   Kleist   Goedicke
Luxemburg   Puschkin Homer
          La Roche   Horaz   Mörike   Musil
   Machiavelli   Kierkegaard   Kraft Kraus
Navarra Aurel   Musset
Nestroy Marie de France   Lamprecht Kind Kirchhoff Hugo   Moltke
                      Laotse   Ipsen Liebknecht
   Nietzsche   Nansen   Ringelnatz
          Marx   Lassalle Gorki   Klett   Leibniz
   von Ossietzky   May   Irving
          vom Stein   Lawrence
Petalozzi   Knigge
     Platon   Pückler Michelangelo
   Sachs Poe   Liebermann   Kock   Kafka
                                          Korolenko
       de Sade Praetorius   Mistral   Zetkin

Der Verlag tredition aus Hamburg veröffentlicht in der Reihe **TREDITION CLASSICS** Werke aus mehr als zwei Jahrtausenden. Diese waren zu einem Großteil vergriffen oder nur noch antiquarisch erhältlich.

Symbolfigur für **TREDITION CLASSICS** ist Johannes Gutenberg (1400 — 1468), der Erfinder des Buchdrucks mit Metalllettern und der Druckerpresse.

Mit der Buchreihe **TREDITION CLASSICS** verfolgt tredition das Ziel, tausende Klassiker der Weltliteratur verschiedener Sprachen wieder als gedruckte Bücher aufzulegen – und das weltweit!

Die Buchreihe dient zur Bewahrung der Literatur und Förderung der Kultur. Sie trägt so dazu bei, dass viele tausend Werke nicht in Vergessenheit geraten.

Paula Modersohn-Becker

Gustav Pauli

Impressum

Autor: Gustav Pauli
Umschlagkonzept: toepferschumann, Berlin

Verlag: tredition GmbH, Hamburg
ISBN: 978-3-8424-9243-1
Printed in Germany

Vorwort

... Es kommt nur auf das eine Wachsen an
über die allertiefsten Dinge,
nur so zu werden, daß man das Geringe
mit seinen Sinnen nicht mehr finden kann.
Und so zu sinnen, als ob keiner sann,
und so zu gehen, als ob keiner ginge.
*Rainer Maria Rilke an Heinrich Vogeler
(29. Sept. 1900).*

Seitdem dies Buch zuerst erschienen ist, hat sich die Aufmerksamkeit des Publikums unserer Künstlerin zugewendet. Es gilt nicht mehr, was damals gesagt wurde, daß sie außerhalb des deutschen Nordwesten so gut wie unbekannt sei. Sie wurde gesehen und – mehr noch – gelesen. Die rasche Verbreitung ihrer Aufzeichnungen, ihrer Briefe und Tagebuchblätter, bewies lebhaften Anteil an ihrer Persönlichkeit. Und doch haben ihre Freunde Ursache, sich zu fragen, ob diese Art des Erfolges durchaus erwünscht sei. Denn es besteht zumal in Deutschland die Gefahr, daß der literarische Erfolg den des Künstlers nicht nur beflügele, sondern unter seine Fittiche nehme. Schon ist einer unserer besten Kunstschriftsteller geneigt, ihr Menschentum, wie es sich in ihren Bekenntnissen ausspricht, über ihr Künstlertum zu stellen. So war es indessen nicht gemeint. Dies wäre die letzte Ungerechtigkeit, die der im Leben Verkannten nach ihrem frühen Tode noch zuteil würde. Denn Paula Modersohn[1] wünschte nicht in ihren Briefen zu wirken, sondern in

---

[1] Da die Künstlerin selber sich nach ihrer Vermählung P. Modersohn-Becker genannt hat und also auch ihre Bilder signierte, ist es richtig, ihren Namen so zu schreiben. – Die spärliche, bisher über sie erschienene Literatur ist folgende: P. Becker-Modersohn, Briefe und Tagebuchblätter. Güldenkammer III (1913), 224ff. und erweitert in Buchform:»Eine Künstlerin«. Herausgegeben von S. D. Gallwitz. Hannover-Bremen 1917. 3. Ausgabe: München 1920. – C. G. Heise, Sammlung Freiherr August von der Heydt, Elberfeld, Leipzig 1918. – (P. E. Küppers), Kestner-Gesellschaft. X. Sonderausstellung. (Chronologisch geordneter Katalog.) Hannover 1917. – Derselbe, D. Kunstblatt II (1918) 65. – Dr. Löhnberg, Die Aktion VIII (1917), 126. – G. Pauli, Die Güldenkammer IV (1913), 92. – R. M. Rilke, Requiem Für eine Freundin. 2. Aufl. Leipzig 1912. – Derselbe, Brief an Dr. Küppers. Abgedruckt Bremer Tageblatt 22. Oktober 1917. – C. Stoermer, Die Gülden-

ihrer Malerei. Und ihre Manen haben ein Anrecht darauf, diesen Wunsch erfüllt zu sehen. Was sie an Geschriebenem hinterlassen hat, ist nichts anderes als ein Kommentar zu einem anschaulichen Texte. – Wir nannten sie eine früh Vollendete und möchten dieses Wort behalten, denn, wenn sie gleich mitten in einer hoffnungsvollen Entfaltung starb, so zählt sie doch zu den reinsten und reifsten Zeugen der deutschen Kunst ihrer Zeit – einer Zeit des Übergangs und des Anfangs. Und das Beste, was sie hinterlassen hat, war kein Fragment, sondern ein vollendetes Ganzes.

*

Für diese neue Auflage ist der Verfasser Herrn Otto Modersohn, dem Gatten der Künstlerin, sowie den Herren W. von Alten, P. E. Küppers und Emil Waldmann für manche Berichtigungen und Ergänzungen zu lebhaftem Dank verpflichtet.

---

kammer III (1912), 378. – Derselbe, P. Becker-Modersohn, Katalog ihrer Werke. Mit 6 Abbildungen. 1. Lieferung. (Alles erschienene.) Worpswede 1913. – Derselbe, Cicerone VI (1914), 7. – C. E. Uphoff, Paula Modersohn, Leipzig 1919.

Kapitel I.

Paula Becker wurde als das dritte Kind ihrer Eltern am 8. Februar 1876 in der Friedrichstadt zu Dresden geboren. Ihr Vater, der Baurat Becker, stand als Ingenieur im Dienste der Eisenbahnverwaltung. Ich entsinne mich sehr wohl des ernsthaften, gütig-stillen Mannes mit den durchfurchten Zügen, der mit einem kleinen Kreise gleich gestimmter Kunstfreunde an regelmäßigen Abenden gemeinsamer Betrachtung die Sammlungen des Bremer Kupferstichkabinetts durchzunehmen pflegte. Er sprach das Deutsch mit jenem herben Akzente, der unseren in Rußland wohnenden Landsleuten gemeinsam zu sein scheint, denn er war in Odessa geboren, wo damals sein Vater als Rektor der Universität lebte. Die Familie, der viele Geistliche und Gelehrte entsprossen sind, stammt aus Sachsen. Die Mutter unserer Künstlerin, eine lebhafte Frau von liebenswürdiger Menschlichkeit, gehört einer Offiziersfamilie an; sie ist die Tochter des Majors von Bültzingslöwen, der als letzter Kommandeur das kleine 1866 aufgelöste Truppenkontingent der Hansestadt Lübeck befehligte.

Im Jahre 1888 siedelte die Familie Becker von Dresden nach Bremen über: und hier, in der schönen alten Stadt an der Weser, blieb das fernere Leben Paulas verankert. Nicht als ob sie eigentlich eine Bremerin geworden wäre. Das hanseatische Leben, das um den Welthandel kreist, blieb ihr fremd. Und die Menschen der behäbigen selbstzufriedenen Gesellschaft, mit denen sie in Berührung kam, erschienen ihr mit wenigen Ausnahmen als irgendwie unzulänglich. Sie empfand ihr Wesen als Halbheit und konnte es auf die Dauer nicht ertragen, unter ihnen zu leben. Aber sie liebte die Stadt mit dem Rathaus und dem Roland, mit den alten Kirchen und den alten Häusern, mit den Weserufern und dem Kranz ihrer grünen Wallanlagen. Hier wohnen noch heute nach dem Tode des Vaters ihre Mutter und ihr ältester Bruder. Draußen vor der Stadt breitet sich eine Landschaft mit vielen Wasserläufen aus, einfach, doch reich an Zügen der Schönheit. Dies Flachland mit den vereinzelten Gehöften seiner Dörfer, in dem der Fernblick überall durch kleine Baumgruppen, Gehölze, bepflanzte Heerstraßen unterbrochen und bereichert wird, enthält vieles von den Motiven der großen holländischen Landschaftsmaler. Man glaubt sich irgendwo in der Nähe von Jan van Goyen, von Hobbema und Ruisdael zu befinden. Auch ist die Heide nah, ernst und zeitlos wie das Meer, und das Blockland mit seinen Kanälen und seinen unerhörten Farben. Alles dieses liebte Paula Becker; und sie liebte und verstand auch die niedersächsischen Bauern, die ernst und wortkarg dieses Land bewohnen. Solchermaßen wurde sie nun hier beheimatet. Wann sich der Drang zum künstlerischen Schaffen bei ihr gemeldet hat, bleibe dahingestellt. Sie scheint nicht frühreif gewesen zu sein. So etwas wie Zeichenunterricht hat sie zuerst in London genossen, wo sie 1892 bei reichen Verwandten ein halbes Jahr bis gegen Weihnachten verlebte. Dann unterwies sie ein bremischer Maler, Bernhard Wiegand, so gut es gehen wollte, bis endlich Ernst gemacht wurde und die Eltern sie hinausziehen ließen, damit sie sich gänzlich der Kunst widme. Sie zählte damals zwanzig, und das Reiseziel war Berlin.

Über die nächsten Jahre der Entwicklung sind wir durch Briefe und Tagebücher, die zum Teil gedruckt wurden, leidlich unterrichtet. Paula liebte es, sich und den Ihrigen Rechenschaft abzulegen über das, was der Tag bescherte und sie innerlich bewegte. Doch wolle man ihre Aufzeichnungen nicht mit den gewohnten Ergüssen schreibseliger junger Mädchen vergleichen. Hier enthüllt sich ungewollt eine Frauenseele, deren Charakter so wertvoll war wie ihre Begabung. Sie dachte nicht daran, daß je andere Augen als die ihrer Liebsten und Nächsten über diese Blätter gleiten könnten. Und wie jede literarische Prätension ihr fern war, so fehlte ihr auch jede Spur der Eitelkeit, die sich selbstgefällig in ihrem Kämmerlein bespiegelt. Wie anders war sie als jene Marie Bashkirtseff, die von Eigenliebe und brennendem Ehrgeiz bei jedem Schritte geleitet und in jeder Zeile inspiriert war! Paula war eine in all ihrem Reichtum einfache Natur, einer Begabung froh, deren Ausbildung sie als Pflicht empfand. Mit hellen Augen und reizbaren Sinnen schaute sie in die Welt, die Menschen und Dinge rasch erfassend und auf ihre Art einschätzend. Wie sich alles bildhaft ihr einprägte, so redete sie davon in der anschaulichen Sprache der Künstlerin. Was sie schreibt, sind »Betrachtungen« im eigentlichen sinnlichen Verstand des Wortes, keine blutleeren Reflexionen; und ihr Urteil wird viel mehr vom Gefühl als von der Überlegung gefällt. Eben darin beruht sein Wert; denn der Instinkt bedeutet mehr als die Intelligenz, und er ist des Weibes bester Teil, das bisweilen hellsehend wird, wo der Mann nur einsichtig bleibt. So erwies sich auch Paula Modersohn den Männern, mit denen das Schicksal sie zusammenführte, als überlegen. Doch wurde sie sich dessen kaum bewußt oder hatte es eben zu ahnen begonnen, als der Tod sie abrief.

Man hat es bedauert, daß ihre Aufzeichnungen in ihren letzten Jahren, da sie zur Meisterschaft gereift war, versiegen. Doch erneuern wir damit nur eine alte Erfahrung, nach der die Menschen am liebsten von sich in ihrer Jugend reden, während späterhin das Bedürfnis, sich mitzuteilen, abnimmt. Auch sind uns solche Einblicke in die Seele des werdenden Künstlers besonders wertvoll, da dann seine Leistungen noch keine klare Auskunft über seine Art und Absicht geben; der Gereifte spricht sich deutlich genug in seinen Bildern aus.

Die ersten Laute, die wir aus Paulas Schriften vernehmen, sind Jubelrufe. Alles verschönt sich ihr in dem beseligenden Gefühl, zeichnen, malen, schaffen zu dürfen. Die Berliner Malschule bei Jeanne Bauck, ein Ball in einem reichen Hause, wo Max Grube und Amanda Lindner einen Prolog aufführten, das magere Aktmodell, Rembrandt in der Galerie und die Michelangelozeichnungen im Kupferstichkabinett, alles ist herrlich. Ihre Mitschülerinnen sind lauter besondere Mädel. Bald hebt sich auch ihr Selbstgefühl, da Dettmann, der sie korrigiert, ihre Studien lobt. (Als ihre Lehrer nennt sie ferner noch Stöving und Haußmann.)

So vergeht der erste Winter. Den Sommer 1899 verbringt sie in Worpswede. Ihr war das abgelegene Moordorf, das wenige Jahre zuvor ein selten aufgesuchtes Ausflugsziel bremischer Feiertagswanderer gewesen war, bisher unbekannt geblieben. Nun freilich ging sein Name durch alle deutschen Werkstätten, seitdem die kleine Schar norddeutscher Maler, die sich hier ansässig gemacht hatte, unlängst in München einen schallenden Erfolg davongetragen hatte. In ihre Tagebuchaufzeichnungen strömen Ausrufe heller Begeisterung;»Worpswede, Worpswede, Worpswede! Versunkene Glockestimmung. Birken, Birken, Kiefern und alte Weiden. Schönes braunes Moor, köstliches Braun. Die Kanäle mit den schwarzen Spiegelungen, asphaltschwarz. Die Hamme mit ihren dunkeln Segeln; 's ist ein Wunderland, ein Götterland!« – Die jungen Meister, die dieses Wunderland entdeckt hatten und beherrschten, waren ihr alle der Verehrung würdig. Mackensen versteht den Bauern durch und durch; Overbecks Landschaften sind tollkühn in der Farbe; Hans am Ende ist eine feine Künstlernatur; Vogeler ein reizender Kerl, ein Glückspilz, ist ihr ganzer Liebling –»dann ist noch der Modersohn da. Ich habe ihn erst einmal flüchtig gesehen, habe nur die Erinnerung an etwas Langes im braunen Anzug und an einen rötlichen Bart. Seine Landschaften, die ich auf Ausstellungen sah, haben tiefe Stimmung in sich; heiße brütende Herbstsonne oder geheimnisvoll süßer Abend. – Ich möchte ihn kennen lernen, diesen Modersohn!« –

Gleichwohl erwählte sie sich Mackensen als ihren Lehrer, begreiflicherweise, denn Mackensen war die repräsentative Persönlichkeit der Worpsweder Gemeinschaft und kündigte sich in seinen Bauernbildern beizeiten als den Akademiker an, der er folgerichtig seither geworden ist. Unter seiner Leitung malte sie Landschaftsstudien und zeichnete ernsthaft und ein wenig kindlich große Halbfiguren und Brustbilder mit der Kohle und farbigen Kreiden nach den Bauernkindern, den rüstigen Weibern und den verwitterten Alten des Armenhauses. Sie redet die Sprache dieser Menschen, läßt sich von ihren Nöten und von ihrem Sterben erzählen und tanzt mit dem Brautvater auf der Hochzeit der armen Leute. So erobert sie sich wandernd, arbeitend, träumend dieses Land, das in tiefen leuchtenden Farben alles vereint, was es in weitem Umkreis an Schönheit gibt – das Moor, die Heide, bebuschte Hügel, wacklige strohgedeckte Bauernhäuser und weite grüne von Wasser durchzogene Wiesen. Wie sie mit einer überströmenden Liebe alles umfaßt, antwortet ihr ein jedes Ding in seiner Sprache. Sie nennt die Kiefern ihre Männer und die Birken zarte Jungfrauen. Wenn die Tage lang werden und die Nächte hell, verdoppelt sich ihr Leben; sie verträumt wachend die späten und frühen Stunden der Dämmerung und meint lächelnd, man könne ja dafür im Winter um so länger schlafen. Um jene Zeit wird ihr auch eine Freundin zuteil, die ihres Sinnes ist, lebendig, frisch und stark, die Bildhauerin Clara Westhoff aus Bremen. – An einem milden Sommerabend fühlen die beiden die Weihe der Stunde so sehr, daß sie den Worpsweder Kirchturm ersteigen und die Glocken läuten,»weil es so schön war«. Erst die unerwartete Wirkung dieses Weckrufes auf den Herrn Pastor und die Gemeinde führt die beiden Mädchen auf die Erde zurück.

Ein paar Jahre verbringt sie so zwischen Worpswede und Berlin, Jahre, in denen sie sich langsam wachsen fühlt. Und welch ein größeres Glück gibt es wohl als das Bewußtsein des Erstarkens! Für erfahrene Weltleute war sie damals schwerlich mehr als ein unreifes kleines Malweib. In der Tat hatte sie auch, in einem einfachen Elternhause erwachsen, wenig von dem genossen, was Weltleute lächelnd zu den Schätzen ihrer Erfahrung rechnen. Gelegentliche Reisen hatten ihr dies und jenes von der Welt gezeigt, nur gerade nicht das, was sie für ihre innere Entwicklung gebrauchte. In Worpswede fühlte sie sich zu Hause, und doch sagte ihr ein allmählich sich klärendes Bewußtsein des Ungenügens, daß sie fort müsse, um sich zu vollenden. Sie träumte von Paris –. Das Verlangen hat etwas Überraschendes, denn von ihren bisherigen Lehrern führten keine Wege nach Paris, und dem Impressionismus, der dorthin wies, stand sie fern. Allein sie folgte dem allgemeinen Zuge ihrer Generation, hatte auch wohl von unermeßlichen Anregungsmöglichkeiten und von irgendwelchen neuen Ereignissen des Pariser Kunstlebens einiges Verlockende erfahren. Und schließlich war ihre Freundin Clara Westhoff ihr dahin vorausgeeilt; sie arbeitete unter Rodins Leitung und schrieb beglückte Briefe der Aufforderung.

Gleichwohl wurde ihr der Abschied von Worpswede nicht leicht. Aus dem letzten Jahr ihrer Worpsweder Studien erzählt sie von einem Feste, das Carl Vinnen im März 1899 seinen Freunden in Modersohns Atelier gab. (Vinnen lebte damals auf dem väterlichen Gute Osterndorf, das eine halbe Tagereise entfernt, weiter nördlich lag.) Nun tafelte man beim Scheine von Papierlaternen an mehreren Tischen angesichts der bewunderten Studien Otto Modersohns, die rings die Wände bedeckten. Alfred Heymel war aus München herübergekommen, feierte mit und brachte, wie es seine Art war, alles in Bewegung.»Nach Tische nahm Vogeler seine Gitarre und sang. Dann wurden die Tische beiseitegeschoben, und wir tanzten. Heymel hatte eine Idee vom Tanz, dachte sich Ringelreihen aus, daß ich nie genug hatte. Dazu das weibliche Gefühl, daß mein neues grünes Sammetkleid mir gut stand, und daß sich einige an mir freuten ...«

Die schöne Zeit fand einen unlieblichen Ausklang, als Paula zum erstenmal vor dem Publikum erschien. Sie hatte eine Sammlung ihrer Studien im Dezember 1899 auf die Ausstellung in der Bremer Kunsthalle geschickt. Den Bremern bereitete sie mit den dunkeltonigen, breit hingesetzten Eindrücken ihrer heimischen Moorlandschaft nicht das mindeste Vergnügen, und Arthur Fitger, ein in die Malerei entgleister Schriftsteller, damals in seinem Umkreise das Orakel des guten Geschmackes, sprach seinen Lesern aus der Seele, als er in der Weser-Zeitung gegen das junge Talent das schwere Geschütz seines Hohnes und seiner Entrüstung abfeuerte. Das arme Opfer schwieg verwundet. Es konnte nicht ahnen, daß diese Erfahrung eher glückverheißend als bedrohlich war. Denn die Zionswächter des Kitsches haben mit ihrem Gekläffe noch immer eine ganz gute Witterung für die stärksten unter den keimenden Begabungen verraten. Nicht der Tadel, sondern das Lob Fitgers hätte Paula bestürzt machen sollen. Doch schließlich war sie jung, zuversichtlich und sah einer lockenden Zukunft entgegen. In der Silvesternacht 1899 fuhr sie nach Paris, wo Clara Westhoff sie erwartete.

Die neue Welt, die sie hier umfing, wirkte anfänglich betäubend auf ihr Gemüt. »Auf dem Klavier meines Nervenlebens wird fortwährend forte getrommelt«, seufzte sie erschöpft, denn sie empfand die Fremde in all ihrer Fülle um so stärker, als sie eben aus dem Frieden des eng umhegten dörflichen Kunstkreises hervorgegangen war. Die ersten Eindrücke sind allgemeiner Art. Sie wird sich der tiefgehenden Verschiedenheit deutschen und französischen Wesens allmählich bewußt – ohne jede Erbitterung, ja mit einer Regung der Sympathie, die mit gelindem Grauen kämpft. Sie empfindet Paris als namenlos schmutzig, und ihr kindliches Erstaunen über so viel Verworfenheit hat etwas von dem Verwundern Dürers über die Verlogenheit der artigen Venezianer. Dann bemerkt sie wieder dankbar eine gewisse hebenswürdige Gefälligkeit der Leute, die sich ihres Ungeschickes in kleinen Nöten des Lebens hilfreich annehmen. Zwar wird sie ein wenig belächelt und kommt sich inmitten so vielen Esprits wie ein hilfloses Bäuerlein mit halb gelähmter Zunge vor, aber schließlich fühlt sie sich von der amourösen Heiterkeit der jungen Bohème, deren Leben sie teilt, doch irgendwie angesteckt. Sie wandert mit Clara Westhoff hinaus und freut sich der freundlichen Seinelandschaft; mit deutschen Malern wird getanzt, gerudert, gesungen und geklimpert. In dem Hause eines äußerst begabten deutschen Schriftstellers, der als der Sohn eines bremischen Lehrers seinen alten Namen Alexander Uhlemann in einen unauffälligen Alexandre Ular übersetzt hat, findet sie freundliche Aufnahme und verlebt in dem Kreise gescheiter und etwas wunderlicher Menschen anregende Stunden.

Sie ist weit davon entfernt, sich zu assimilieren, aber sie beneidet doch die sorglos Genießenden:»Wir Deutsche können schon darum nicht so viel aussitzen wie die Franzosen, weil wir hinterher an unserem moralischen Katzenjammer zugrunde gehen würden.« Indessen spürt man, wie sich alles um sie weitet und in ihr vertieft. Hier ist die Fülle dessen, was sie entbehrt hatte – der unendliche Reichtum eines Lebens, das auf vielen übereinandergeschichteten Lagen einer alten Kultur erwachsen ist, hier wohnt das Liebliche neben dem Grauenhaften, das Ernste neben dem Absurden, uralter Adel neben frecher Gemeinheit. Und alles Gegensätzliche erscheint versöhnt in dem wirbelnden Treiben der Millionen, über das sich die zarten grauen Töne der Pariser Atmosphäre breiten. Sie hatte nicht gewußt, daß das Leben so tief und so buntschillernd sei.»Im ganzen stimmt Paris mich ernst. Es gibt hier so viel Trauriges. Und was für die Pariser lustig sein soll, das ist das Allertraurigste. Ich sehne mich manchmal nach einem Moorspaziergang! ...« Vielleicht irrte sie sich doch; vielleicht war es nicht so sehr Paris, was sie ernst stimmte, als ihr eigenes Wesen, ein halbdunkeles, schmerzliches Gefühl dafür, daß nun die Zeit junger Sorglosigkeit vorüber sei, daß das Leben rätselvoll um sie stünde und eine ernste Forderung an sie erhöbe.

Ihre Bildung rundete sich inzwischen allmählich, gleichsam zögernd; denn es entsprach durchaus nicht ihrer Art, Neigung und Ziel plötzlich zu ändern. Ja, sie empfand die Stetigkeit ihrer Entwicklung so stark, daß sie, aller Gegensätze vergessend, Paris bisweilen als ein fortgesetztes Worpswede ansehen konnte. Zunächst galt es eine Befestigung der handwerklichen Ausbildung. Sie besuchte mit einem internationalen Schwärm weiblicher und männlicher Jugend die Malschule, die der Italiener Cola Rossi, ein abgedanktes Modell, in der Rue de la grande chanmière unterhielt. Girandot, Collin und Gustave Courteois erteilten die Korrektur – unentgeltlich, um sich bekannt zu machen und Einfluß zu gewinnen. In all dem Lärmenden Treiben wurde es ernster genommen als in Berlin und Worpswede. Einen halben Monat malt sie an einem Akt, fast ohne Farben, nur auf Richtigkeit der Valeurs bedacht. Ihr Eifer findet seinen Lohn in einer Medaille. Sehr schön, doch scheint ihr die Verteilung von Geldpreisen, die es an der Académie Julien gibt, richtiger zu sein. (Man kann es doch brauchen!) An der Ecole des beaux arts genießt sie vortrefflichen Anatomieunterricht. – Die bedeutendsten Anregungen spendet der Louvre; die Kunsthandlungen der Rue Laffitte werden nicht erwähnt und die Meister, die dort gepflegt werden, die Führer ihrer Zeit, die großen Impressionisten, scheinen ihr stumm zu bleiben. Nur Degas wird einmal flüchtig genannt. Kein Wort von Manet, Renoir oder Monet! Dagegen fühlt sie sich unwiderstehlich angezogen von Cottet und Lucien Simon. Sonderbar, und doch begreiflich! Denn jene beiden, keine Führer, sondern geschickte Vermittler, mußten in der Tat der Worpsweder Schülerin sich als die Verständlichsten, beinahe als die Verkörperer erträumter Ideale darbieten. Sie muteten ihr nicht die Preisgabe irgendwelcher bisherigen Errungenschaften zu, sondern zeigten vielmehr, wie man die Dinge, die man ihr als Muster daheim empfohlen hatte, mit etwas mehr Leichtigkeit und Geschmack gestalten möge. Auch sie waren in ihren Bildern der Bretagne Vertreter der gepriesenen Heimatkunst, Parallelerscheinungen zu einem Mackensen oder Vinnen. Namentlich Cottet hatte es ihr angetan. Sein Triptychon au pays de la mer – es war damals Mode, Triptychen zu malen – versetzte Paula in Entzücken.»Diese Tiefe der Farbe! Dabei dekorative Größe gepaart mit zarter seelischer Auffassung!« Sie schätzte sich glücklich, mit dem Meister bekannt zu werden. Doch vergaß sie darum der Worpsweder nicht und schickte ihnen nach deutscher Mädchen Art gemeinsam mit Clara Westhoff mitten aus dem französischen Frühling einen schönen Postkartengruß – »an unsere großen Männer, die Worpsweder, Klinger, Carl Hauptmann«. – Die Hoffnung, mit Modersohn und dem Ehepaar Overbeck zuguterletzt im Juni noch eine Zeitlang in Paris zusammen zu verbringen, wurde schmerzlich vereitelt. Ein paar Tage, nachdem die Freunde eingetroffen waren, kam die Nachricht vom plötzlichen Tode der seit Jahren leidenden Frau Modersohn. Den sofort zurückkehrenden Worpswedern folgten unsere Freundinnen alsbald nach.

Zu Hause hatte man inzwischen nicht ohne Sorgen an Paula gedacht. Die Studien liefen allmählich ins Geld und sollten nicht brotlos bleiben. Auch waren die Eltern ihrer Begabung anscheinend nicht ganz gewiß; vielleicht hatte Arthur Fitgers verächtliche Kritik doch einen Stachel in ihrem Gemüt zurückgelassen. Der Vater hatte bekümmerte Briefe geschrieben und mußte beschwichtigt werden. Im Sommer 1900 wurde ernstlich erwogen, ob Paula nicht eine Stelle als Gouvernante suchen solle. Doch dann kam alles anders. Im Herbste 1900 hielt Otto Modersohn um ihre Hand an. Sie liebten sich, und Paula hatte diese Wendung kommen sehen, nun aber trug sie Bedenken, sich gleich zu binden. Sie wollte zuvor noch lernen, reifen, einen Abschluß machen; aber zuletzt gab sie nach, und bald verlangten die bevorstehenden Pflichten der Hausfrau eine Ausbildung von ganz anderer Art. Die Eltern bewogen sie, nach Berlin zu ziehen, um sich dort in einigen bisher versäumten weiblichen Obliegenheiten unterweisen zu lassen. Mit allem guten Willen machte sie sich an die neuen Pflichten, aber es litt sie nicht lange. Nach kaum zwei Monaten kehrte sie zurück. Der künftige Gatte war es zufrieden. Man würde sich schon behelfen und Paula war frei von Ansprüchen an die Bequemlichkeiten des Lebens. Von der Summe, die der gute Vater ihr zur Aussteuer bewilligt, nimmt sie nur den fünften Teil. Das andere mögen die Geschwister behalten. Eine Stimmung ist über sie gekommen wie über ein Kind vor Weihnachten. Die Menschen sind gut zu ihr, aber sie findet, daß sie in Berlin aus dem Rahmen fällt. »Ein Haus mit Zentralheizung paßt nicht mehr für mich. Auf der Deele soll es kalt sein und in der Stube warm, und wer an den Ofen faßt, der soll sich brennen, und Leben sei überall.« – Am 25. Mai 1901 fand die Hochzeit statt. Um dieselbe Zeit vermählte sich Heinrich Vogeler mit seiner Worpsweder Braut und Clara Westhoff mit Rainer Maria Rilke. Für Paula Modersohn begann ein neuer Lebensabschnitt.

Sie ging in ihn ein mit der siegesgewissen Zuversicht eines reinen und vollen Herzens, ihr Leben müsse sich verdoppeln in dem Widerhall, den ihre Seele in der des geliebten Gefährten finde. Allmählich aber ward sie dessen inne, daß sie zuviel, wenn nicht Unmögliches erwartet hatte. »In meinem ersten Jahre der Ehe habe ich viel geweint ... ich lebe im letzten Sinne wohl ebenso einsam als in meiner Kindheit ... es ist meine Erfahrung, daß die Ehe nicht glücklicher macht. Sie nimmt die Illusion, die vorher das ganze Leben trug, daß es eine Schwesterseele gäbe. – Man fühlt in der Ehe doppelt das Unverstandensein, weil das ganze frühere Leben darauf ausging, ein Wesen zu finden, das versteht. Und ist es vielleicht nicht doch besser ohne diese Illusion, Aug' in Auge mit einer großen einsamen Wahrheit?« – Solche Worte fallen wie Tränentropfen in die Seiten ihrer Aufzeichnungen. Und doch war sie, von außen betrachtet, glücklich! –

So keimte der Konflikt ihres Lebens, der unvermeidlich war und tragisch, denn keiner hatte ihn verschuldet, vielmehr hatten gerade der Wert und die Reinheit der Beteiligten ihn heraufbeschworen. Es war der Konflikt zwischen ihrer Lebensaufgabe und der Stellung, welche die Sitte der Gesellschaft ihr an der Seite des Gatten anwies. Paula kämpfte im stillen um ihre höchsten Güter, um ihre Persönlichkeit, um ihre Kunst und um ihre Freiheit. Mußte darum kämpfen und fühlte sich allein. Mit schmerzlicher Resignation sah sie die Freundin sich entfernen. Das, was sie an ihr zu gewahren glaubte, die Unterordnung unter Wesen und Willen des Gatten, das eben war es, wozu sie sich nicht verstehen wollte.

Die Bitterkeit eigener Erfahrung schärfte ihr den Blick für ihre Umgebung, für die alten Freunde; sie hatte den kindlichen Glauben an sie verloren und erwog sie prüfend. Mit Overbeck fühlte sie keine Gemeinschaft mehr; sie verglich ihn einer unfruchtbaren Arbeitsbiene; an Vogeler vermißte sie die Kraft und Fülle; Mackensen erschien ihr als konventionell. Das »Runenhafte« in den Zügen der Bauern erfaßte er nicht.

Auch sich selbst betrachtete sie kritischer als ehedem. Aber, wenn sie auch ihre Leistung nicht höher bewertete, so glaubte sie doch ihr Ziel klarer zu erkennen und wurde sich gesteigerter Kraft bewußt. Es war ihr, als ob ihre Stimme neue Töne hätte und als ob es größer würde in ihr. Allmählich war ihr jetzt die Einsicht gekommen, daß ein Kunstwerk nichts anderes sein sollte als der Ausdruck innersten Erlebens. Damit hatte sich auch ihr Verhältnis zur Natur geändert, sogar in sein Gegenteil verkehrt. Denn nun fühlte sie sich ihr gegenüber nicht mehr als die demütige Dienerin im Angesicht einer erhabenen Majestät, sondern befreit, als die Herrin eines unendlichen und unerschöpflichen Stoffes, dem sie zu gebieten habe. In dem Lichte solcher Erkenntnis mußte ihr gar vieles, was sie früher an der Worpsweder Malerei gläubig verehrt hatte, als zurückgeblieben erscheinen. Dagegen wurde ihr Paris nun unentbehrlich, die Zufluchtstätte der Selbstbestimmung und Freiheit. Natürlich vollzog sich ihre innere Wandlung allmählich und unter Schwankungen.

Zuerst weilte sie wieder 1903 im Frühjahr einige Wochen in Paris. Wohl schreibt sie von dort dem Gatten die liebevollsten Briefe und bricht schließlich ihren Aufenthalt ab, weil sie es allein da draußen nicht länger aushält, aber in dem ersten der Briefe ist ihr doch das Geständnis entschlüpft:»Du weißt doch, ich bin auch hier, um mir Worpswede durch die kritische Brille zu besehen. Bis jetzt kann es noch bestehen ...« – bis jetzt! Ein paar Jahre später beklagt sie es rückblickend in einem Briefe an die Mutter, daß ihr»angestrebt bäuerliches Leben« in Worpswede eine große Scheidewand zwischen ihr und der städtischen Gesellschaft errichtet habe, wodurch ihr manches entgangen sei. 1905 finden wir sie abermals in Paris, und im Frühjahr 1906 kehrt sie auf längere Zeit dahin zurück, um ungestört für sich zu arbeiten. Und nun wird es ihr auch hier schwer, den ehemals verehrten Meistern die alte Treue zu bewahren. Cottet und Simon entgleiten ihr, an deren Statt sind es nun die »Allermodernsten«, die ihr Wesentliches zu sagen haben. Sie nennt sie nicht, aber es müssen Cézanne, van Gogh und Gauguin gewesen sein. Ferner wird der Bildhauer Hoetger für sie bedeutungsvoll. Sie hatte in der Bremer Kunsthalle eine Ausstellung seiner Arbeiten gesehen, die sie veranlaßte, ihn in Paris, wo er damals lebte, aufzusuchen. Er war ihr den Weg, den sie jetzt eingeschlagen hatte, vorausgegangen, hatte sich vom Impressionismus abgekehrt und suchte Formen einer edlen Gebundenheit. Seine Arbeitsweise war anders, minder naiv als die ihre, aber das kam gegenüber der Harmonie ihrer Grundanschauungen wenig in Betracht. Von ihm sah sie zum ersten Male ihr neues Bestreben ganz gewürdigt, und so entspann sich ein allmählich zu regem Austausch gesteigerter Verkehr. Auch mit Frau Hoetger wurde sie nahe befreundet und malte ihr Bildnis. Dabei war sie anfänglich so zurückhaltend gewesen, daß ihre neuen Freunde erst nach mehreren Besuchen gelegentlich erfuhren, daß sie Malerin sei.

In diesen letzten Jahren sind ihre wertvollsten Bilder entstanden: Stilleben, bildnishafte Darstellungen von eindringlicher Beseeltheit und einfacher schwerer und ganz persönlicher Form. Das Schicksal aber gönnte ihr kein Verweilen, denn als sie sich sagen konnte, daß sie ein Ziel erreicht habe, mußte sie sterben.

Es war in ihrer Seele das rechte Nebeneinander von Frohsinn und Ernst, von Lebenslust und Todesbereitschaft. Denn was ist jede dieser Gaben wert, wenn ihr nicht ihr Widerpart die Wage hält? Ihrer Mutter schrieb sie einmal: »Dieses unentwegte Brausen dem Ziele zu, das ist das Schönste im Leben. Dem kommt nichts anderes gleich. Daß ich für mich brause immer immer zu, nur manchmal ausruhend, um wieder dem Ziele nachzubrausen, das bitte ich Dich zu bedenken, wenn ich einmal liebearm erscheine. Es ist ein Konzentrieren meiner Kräfte auf das *eine*. Ich weiß nicht, ob man das noch Egoismus nennen darf. Jedenfalls ist es der adeligste.

Ich lege meinen Kopf in Deinen Schoß, aus welchem ich hervorgegangen bin und danke Dir für mein Leben.« – Und doch meinte sie eines frühen Todes gewiß zu sein, Sie ahnte ihn mit dem hellsehenden Instinkt des Weibes, obwohl sie als das Bild rotwangiger Gesundheit einherging. Schon mit vierundzwanzig Jahren hatte sie in ihr Tagebuch geschrieben:»Ich weiß, ich werde nicht sehr lange leben. Aber ist das denn traurig? Ist ein Fest schöner, weil es länger währt?« Und als junge Gattin war sie in Worpswede hinausgegangen zum Grabe der ersten Frau Modersohns, hatte einen Kranz hingelegt und sich ausgemalt, wie sie selber begraben werden möchte – ganz einfach, ohne Hügel und Kreuz unter einem Blumenbeet von weißen Nelken und Rosen mit einem Schild, auf dem nur ihr Name stehen solle.

In Paris lebte sie schmerzlich befreit, denn sie hätte sich losgelöst von allem, was sie daheim fesselte. Allein im Gewühle der Millionen, unbekannt, nur von ganz wenigen gewürdigt, arbeitete sie an ihrer Vollendung und malte Bilder, nach denen niemand verlangte. Sie wäre es schon zufrieden gewesen, wenn dieses Leben gedauert hätte. Allein die daheim ließen sie nicht, und endlich gab sie dem Drängen nach. Im Herbst 1906 folgte ihr der Gatte nach Paris. Sie verlebten einen stillen arbeitsamen Winter zusammen und zogen im nächsten Frühjahr in ihr kleines Haus in Worpswede zurück. Um dieselbe Zeit fühlte sie sich Mutter werden. Man möchte glauben, daß mit dieser Wahrnehmung ein neues Glück in ihre Seele gezogen wäre, denn sie war zu sehr Weib, um sich nicht nach der höchsten Bestimmung ihres Geschlechtes zu sehnen. Gerade in den letzten Jahren hatte ihre Phantasie um das Problem der Mutterschaft gekreist, und immer wieder hatte sie das Weib mit dem Säugling im Arm gemalt in biblischer Einfalt und Größe. Nun war sie selber die Erfüllung ihrer Träume. Im November genas sie eines gesunden Mädchens. Anfangs schien alles gut zu gehen, aber die nächste Zeit brachte ihr körperliche Beschwerden; gewisse Störungen des Blutumlaufs nötigten ihr Bettruhe auf, die sie in ihrer Lebhaftigkeit ungern ertrug. Ein vorzeitiges Aufstehen führte das Verhängnis herbei; am 21. November verschied sie plötzlich an einem Herzschlage.

Wie sie es gewünscht hatte, wurde sie auf dem Friedhof in Worpswede begraben; nur konnten ihre Nächsten es nicht über sich gewinnen, ihren Wunsch einer schlichten Gestaltung der Grabstätte zu erfüllen. An deren Rückseite erhebt sich jetzt ein Monument Hoetgers: ein junges Weib sinkt auf seinem Lager zurück, den Blick himmelwärts gerichtet, während auf seinem Schoße ein Kindchen sitzt.

In allem Menschenschicksal waltet eine hohe Gesetzmäßigkeit, und denen, die nicht lange leben sollen, ist manchmal ein rasches Aufblühen beschieden. So mag es denn wohl sein, daß Paula Modersohn im rechten Augenblicke starb. Sie hatte in wenigen Jahren des Aufstiegs – an vielen ihrer Gefährten vorbei – ein hohes Ziel erreicht: auf ihre eigene Art auszudrücken, was als Hoffnung Allen vorschwebte. Sie stand an der Schwelle einer neuen Zeit als deren Verkünderin. Wäre es ihr bei einem längeren Leben vergönnt gewesen, mehr zu werden? – Die sie gekannt haben, empfanden sie als durchaus jugendlich. Hätte sie es vermocht, zu altern und allen Hemmungen der engen haushohen Existenz zum Trotz nach neuen Zielen fortzuschreiten?

Kapitel II.

Die populäre Meinung neigt dazu, die Größe eines Künstlers in seinem Fürsichsein zu suchen und seine Originalität als Verschiedenheit von allen anderen aufzufassen. Doch verhält es sich vielmehr so, daß die Bedeutung des Einzelnen überall nur darauf beruht, daß sich in ihm das Schicksal der Allgemeinheit verkörpert, ob er es nun als ihr Führer selber lenke oder nur in seinem eigenen Leben sinnbildlich darstelle. Seine Originalität ist dann nichts anderes als der Ausdruck der subjektiven Freiheit, mit der er bewirkt, was die Gesamtheit, der er angehört, nach Schicksals Schluß bewirken soll. Nur diese symbolische Bedeutung seines Lebens rechtfertigt das allgemeine Interesse an ihm.

Nun ist Paula Modersohns Bedeutung insofern eigentümlich, weil sie sich der Rolle, die sie spielte, kaum bewußt war. In ihrer eigenen Vorstellung eine abseits stehende Arbeiterin und Zuschauerin, demütig ihrem Genius dienend, spiegelte sie das Bestreben der deutschen Kunst an einem Wendepunkt ihrer Entwicklung.

Die Lage, die sie bei ihrem Auftreten vorfand, läßt sich folgendermaßen charakterisieren. Das Jahrhundert einer individualistisch differenzierten Kunst, das seinen bezeichnenden Ausdruck in der Pflege der Staffeleimalerei gefunden hatte, ging seinem Ende entgegen. Die schöne Episode höchst kultivierter Malerei, die im Anschluß an klassische Vorbilder in München um Leibl erblüht war, gehörte der jüngsten Vergangenheit an. Als ihr letzter Vertreter war Trübner am Werke; Leibl selbst starb wenige Wochen vor dem Ende des Jahrhunderts. – Der Impressionismus, der in Liebermann einen Repräsentanten ersten Ranges gefunden hatte, beherrschte wohl noch die Situation, d. h. ihm gehörten die Sympathien der Kenner, der Sammler und der führenden Schriftsteller. Allein ihm fehlte der Nachwuchs; denn über Liebermann, Corinth und Slevogt hinaus sah man auf derselben Linie nicht die Möglichkeit eines Fortschrittes. Sie waren ein Abschluß, kein Beginn, und ihre Gefolgschaft bestand aus Nachempfindern. Auch verbreitete sich das dunkle Bewußtsein, daß diese vollendete Leichtigkeit des malerischen Ausdrucks wohl international verständlich sei und insofern Weltgeltung mit Recht beanspruchen möge, daß sie aber nicht geeignet sei, die Fülle deutschen Wesens vollgültig zu repräsentieren. Eben da, wo einzelne hervorragende Impressionisten, wie Corinth, in solcher Absicht die Grenzen ihrer Kunst zu erweitern versucht hatten, waren sie gescheitert.

Inzwischen hatte man in einer mittleren Sphäre auf anderem Wege, am Impressionismus vorbei den Eingang in das Reich der Zukunft erstrebt. Die Versuche, die hier gemeint sind, fallen in das letzte Jahrzehnt des Jahrhunderts und gingen vornehmlich von Landschaftern aus, die vorübergehend laute Erfolge ernteten, ohne ihrem Range nach zu den Führern zu zählen. Die schicksalhafte Notwendigkeit ihres Vorgehens ergibt sich daraus, daß sie unabhängig voneinander mit ähnlichen Mitteln die gleichen Ziele verfolgten. Da ihre Mittel unzulänglich waren, versagten sie, doch beweist dieses noch nicht einmal gegen sie, da gewisse Irrtümer unvermeidlich sind, weil sie sich aus der Entwicklung ergeben. Man kann sie nur dadurch widerlegen, daß man ihnen Gelegenheit gibt, sich tot zu laufen. Alle diese Künstler gingen vom akademischen Naturalismus aus, appellierten durch die Verherrlichung einer bestimmten Gegend an den Lokalpatriotismus eines deutschen Stammes und erstrebten die dekorative Wirkung einer stilgerechten Malerei durch ein äußerliches Zurechtrücken ihrer Darstellung, das sie Stilisieren nannten.

Als erster unter ihnen sei Leistikow genannt, weil er das Bestreben seiner Gesinnungsverwandten in doktrinärer Reinheit darstellt. In der schlicht korrekten Landschafterei eines Gude geschult, empfand er nach einiger Zeit erfolgreicher Betätigung diese Art des Ausdrucks als überlebt. Die Zeichen der Zeit deuteten auf das Kommen eines neuen Stils, der wie jeder Stil von einem neuen Geist der Gemeinschaft getragen sein müsse. Das Interesse an der Architektur regte sich; dem gänzlich entseelten Kunstgewerbe strömten neue Kräfte aus der Malerschaft zu, alte Techniken wurden wieder hervorgeholt und neue Muster entworfen, die man – naturalistisch geschult, wie man war – mit Vorliebe der Pflanzenwelt entnahm. Man hatte es an den Japanern gesehen, wie man durch eine formelhafte Wiedergabe der Naturobjekte auf bequeme Art dekorative Wirkungen erzielen möge. Das alles sah und wußte Leistikow und ergab sich nun dem Verlangen der Zeit, zeichnete allerlei Kunstgewerbliches und wandte in seinen Gemälden eine Art von Subtraktionsverfahren an, indem er unter Weglassung mancher Halbschatten und gebrochener Töne ein deutlich umrissenes, farbenstarkes und flächenhaftes Abbild der Natur erzielte. Damit, daß er seine Motive der Berliner Umgegend entnahm, gedachte er wohl ein übriges zu tun und zu beweisen, daß überall und von jeglicher Natur aus der Anschluß an den Stil der Zukunft gefunden werden könne, daß aber ein jeder getrost bei sich zu Hause beginnen möge.

Um dieselbe Zeit versuchte die badische Künstlergruppe, die sich unter dem Namen des Karlsruher Künstlerbundes zusammengetan hatte, Ähnliches für die Lithographie. Sie lieferte in Mengen wohlfeile Farbendrucke für den Wandschmuck von » Schule und Haus«, wobei als bemerkenswert die soziale Nebenabsicht festgehalten zu werden verdient. In Dachau stilisierte Dill, angeregt durch schottische Vorbilder, die oberbayerische Moorlandschaft in mattfarbigen Temperabildern. Zu solchen Künstlern gesellten sich nun die Worpsweder. Sie saßen dem Webstuhl der Zeit ferner als Leistikow und waren ihres Vorhabens demnach minder bewußt; im Vergleich zu Dill nahmen sie sich als unkultiviert aus. Auf den ersten Blick scheinen ihre Bilder nichts anderes als die späten Erzeugnisse eines naiven Naturalismus zu sein, der sich vornehmlich durch den Hinweis auf heimatliche Besonderheiten seiner Naturmotive empfehlen möchte. Doch spürt man bald auch hier die Tendenz zum Dekorativen. Dafür bedarf es nicht der Erinnerung an Vogelers und anderer Worpsweder kunstgewerbliche Arbeiten. Es ist – oder war – ihnen allen gemeinsam das Bestreben, auf ihre Art monumental zu wirken, sei es auch nur durch die Dimensionen ihrer Leinwände oder durch eine laute Farbigkeit. Man hat für gewöhnlich diese Worpsweder Farbenpracht auf die dortige Natur zurückgeführt, doch die Natur allein pflegt dem Künstler noch nicht die Zunge zu lösen, sie ist weniger artis magistra als gemeinhin behauptet wird; vielmehr ist überall und so auch hier der Mensch dem Menschen verpflichtet. Hinter dem Worpsweder Kolorismus steht Böcklin – Böcklin, einer der Ahnherren der neuesten Malerei, der in die Ferne befruchtend und in die Nähe verwüstend gewirkt hat.

Recht hatten alle diese Künstler in dem mehr oder minder deutlichen Bewußtsein, daß mit dem Jahrhundert eine alte Kunst zu Ende gehe, und daß die neue Zeit – eine Zeit des erhöhten Gemeinsamkeitsgefühles – ihre eigene neue Kunst mit sich heraufführen werde, endlich wieder das allumfassende Formgesetz eines Stils! Doch irrte man sich, indem man glaubte, in eiligen Versuchen seine Früchte vorwegnehmen zu können. Schon der Begriff des »Stilisierens«, der das Umformen eines Gegebenen bedeutet, etwas wie das Eingießen eines Rohmaterials in die Hohlform eines Ideals, enthüllt den Irrtum. Denn für das stilgerechte Gebilde gibt es kein Substrat in der Natur. Hier wird nicht umgeformt, sondern geformt. Auch wird ein Stil nicht gemacht, sondern er wächst, und zwar erwächst er allmählich als die nationale oder internationale Konvention gleichen Formgefühls. Er ist die Sache Aller und wird von dem Einzelnen unbewußt angewendet, der den Zwang der Konvention, unter dem er steht, so wenig spürt wie den Druck der Atmosphären beim Atmen. So entsteht das stilgerechte Gebilde im Einzelfalle als etwas Selbstverständliches, subjektiv genommen in aller Freiheit und wird durch nichts so sehr verhindert wie durch Absichtlichkeit.

In diesem Lichte betrachtet, war man um 1900 in der deutschen Malerei all ihrer theoretischen Weisheit zum Trotz vom Stil der Zukunft weiter entfernt als in Paris, wo die Entwicklung naiver ablief. Der Impressionismus war hier von der Malerei eines Cézanne und Gauguin abgelöst worden, die, unter sich verschiedenen Ranges, doch darin übereinstimmten, daß bei ihnen der subjektivische Ausdruck zurücktrat hinter der Gesetzmäßigkeit einer mit Linien und Farben bauenden Kompositionskunst. Gleichzeitig entstanden als Nachfolge und Gegensatz zu Rodins Impressionismus die ersten Werke einer neuen Plastik von hoher Gebundenheit. Nur die Architektur schien zurückzubleiben – vielleicht weil ihr Gedeihen vom guten Willen ihrer Besteller abhing, einer beschränkten rückständigen Bourgeoisie, die sich eine Regierung nach ihrem Bilde geschaffen hatte. Aus dieser Welt drangen nun verheißungsvolle Äußerungen zu Paula Modersohn, wohl zunächst in Gestalt von irgendwelchen Abbildungen, dann in einigen Skulpturen Hoetgers, die sie auf der Ausstellung der Bremer Kunsthalle kennenlernte. Solche Botschaft fiel in die Seele unserer Künstlerin wie Samenkörner in ein aufgelockertes Erdreich.

Kapitel III.

Wenn irgend etwas die Gesetzmäßigkeit in dem Wandel künstlerischer Formen erweist, so ist es die Spontaneität, mit der das Neue gleichzeitig hier und dort auftritt. Der Versuch, diese Erscheinung durch die in unserer Zeit besonders rasche Ausbreitung der anregenden Vorbilder wegzudisputieren, befriedigt nicht, da er es unerklärt läßt, weshalb denn diese Vorbilder auf einmal überall mit der gleichen Bereitwilligkeit aufgenommen werden. Es wird auf diese Weise das Phänomen nur in die Gleichzeitigkeit der empfänglichen Disposition zurückverlegt. Somit haben wir uns mit der Tatsache zu begnügen, daß innerhalb einer gleichgestimmten Kulturwelt der Wandel der Kunstformen, der nichts anderes ist als der sichtbare Wandel der Weltanschauung, sich nach millionenfacher Vorbereitung wie ein Wetterumschlag ankündigt, sobald seine Zeit gekommen ist. Vielleicht beruht die Genialität des Einzelnen wesentlich darauf, daß er das Kommende als ein innerliches und eigenes Bedürfnis vorausfühle. Eben in der unbewußten Dumpfheit des Gefühles wurzelt seine Kraft, wie denn der Schaffende – der reine Tor – von je mit Blindheit geschlagen war gegen alles, was seitab von der Welt seines eigenen Bestrebens liegt. Ein solcher Mensch war Paula Modersohn. Und sie war ein Weib, geboren, um zu lieben und zu empfangen, um mitzufühlen und mitzuleiden; damit ist die Stärke und die Grenze ihrer Begabung angedeutet.

Der erste Eindruck ihrer Persönlichkeit, der mir von der einzigen Begegnung mit ihr deutlich zurückgeblieben ist, war eine Mischung von Lebhaftigkeit und Einfachheit. Man konnte sich dieses junge Mädchen sehr wohl unter schlichten Menschen irgendwo in ländlicher Abgeschiedenheit denken, doch schwer im Getriebe der Gesellschaft. Man konnte es sich auch vorstellen, was ihre Aufzeichnungen, ihre Bilder und die Schilderungen ihrer Freunde erkennen lassen, daß sie ihre lachende Heiterkeit wie einen Mantel trug, unter dem sie einen tiefen Ernst verbarg. Einmal sagt sie es als junges Mädchen von sich und zeichnet es auf wie etwas ihr selber Merkwürdiges, daß ihre Gemütsanlage»mehr melancholisch als lustig« sei. Auf alle Fälle war sie ganz und gar nicht sentimental. Nun ist wohl gerade diese Verbindung von einem verhüllten, an Schwermut grenzenden Ernst mit Lebhaftigkeit des Empfindens die rechte

Gemütsart für ein inniges Verhältnis zu Natur und Kunst. Es ist das Temperament der Schaffenden höherer Ordnung. De Coster sagt einmal in einem Briefe an Elisa:»Hast Du in den schönen Büchern jene feine Schwermut, jene sublime Traurigkeit wahrgenommen, die die geheimsten Fibern des Herzens ergreift? – Nun, in mir ist das Ideal dieser Schwermut, ich bin oft in diesem Zustande, und was immer dieses Hauches entbehrt, sei es in der Musik oder in der Literatur oder in der Malerei, achte ich für unwürdig, geschätzt, gelesen oder betrachtet zu werden.« –

Der Natur stand Paula Modersohn ganz anders gegenüber als ihre Worpsweder Freunde. D. h. jene standen ihr»gegenüber« – sie war eins mit ihr. Für ihren Meister Mackensen war das Naturobjekt etwas von außen Betrachtetes, ein Ding, das man anschaut, mit einem gefühlvollen Vorsatz zurechtrückt und abmalt. Sei es, daß er die Predigt im Freien oder die Mutter mit dem Säugling oder die trauernde Familie am Sarge des Kindes malte, immer wurde etwas wie ein Bühnenbild daraus, besseres Theater als in den faden Lustspielen eines Knaus, aber immer noch Theater, etwas, das mit Requisiten und Kostümen mund Komödianten gemacht wird. In Paula Modersohns Verhältnis zu ihren Stoffen war mehr Einfalt, aber auch mehr Ehrfurcht und Glaube. Wie sie den Wechsel der Jahreszeiten da draußen erlebte, wie der Rausch der im Frühling treibenden und blühenden Natur in sie einging, so lebte sie auch mit den Menschen.

Wenn unsere Künstler der jüngsten Vergangenheit gern den Bauern gemalt haben, so leitete sie nicht so sehr die Sentimentalität eines neuen sozialen Empfindens als vielmehr das Bewußtsein, hier noch am ehesten die Züge uralter menschlicher Einfalt und Größe zu finden. Die Glieder unserer Bauern bewegen sich in der Bestellung des Ackers, in der Ernte, in der Sorge um das Vieh, um Haus und Hof seit vielen Jahrhunderten im gleichen Rhythmus; vom Ahnen auf den Enkel vererben sich die gleichen Gedanken und Sorgen und bilden diese Mienen, an deren unbewegtem Ausdruck die flüchtigen Erregungen des Augenblicks minder teilhaben als an dem»Mienenspiel« der Zivilisierten. So war es gegeben, daß ein naturalistisch geschultes Künstlergeschlecht, das für jederlei Aufgabe zuerst einmal nach Modellen fragte, sich dem Bauern zuwandte, wenn es galt, dem Gefühl für Menschenwürde Ausdruck zu geben. Unter Tausenden hat kaum einer den Bauern gemalt wie Paula

Modersohn. Es scheint in ihrer Darstellung ihr eigenes Wesen ausgelöscht und völlig eingegangen zu sein in die Seelen dieser Kinder, dieser derben Menschen und Greise. Aus solcher mystischen Verschmelzung zweier Seelen – der schaffenden und der angeschauten – sind diese Bilder entstanden, die einem ganzen Volksstamme ein Denkmal setzen, denn ein jedes von ihnen zeigt uns einen Typus und steht für viele.

Es ist etwas Stillebenhaftes in diesen wie in allen ihren Bildern; auch ist es bezeichnend, daß sie zwischen anderen Aufgaben mit Vorliebe immer wieder zum Stilleben zurückgekehrt ist, einem Stoffgebiet, dem fast die Hälfte ihrer besten und reifsten Arbeiten angehört. Wenn aber demgegenüber einmal ein Künstler geringschätzig bemerkte, ihre Kunst sei allzusehr auf das Stilleben eingestellt, so beruht ein solches Urteil doch auf Mißverstehen.

Das Stilleben, wie es für gewöhnlich vorkommt, ist ein beliebtes Exerzitium für Künstler gelassenen Temperamentes, deren Geschmack und malerische Kultur nicht durch Phantasie beflügelt – und bedroht wird. Ihnen gewährt die Anordnung und Darstellung beliebiger Gegenstände in schönen Gruppen von Farben und Formen ein schwelgerisches Vergnügen, ähnlich dem Behagen, mit dem eine schöne Frau ihren Putz oder die Einrichtung ihrer Wohnung zusammenstellt. So verstanden ist die Malerei der »nature morte«, wie die Franzosen bezeichnenderweise sagen, allerdings eine der feinsten, aber doch nicht der höchsten Aufgaben, Nun gibt es aber noch eine andere Art von Stilleben, mit der uns erst das neunzehnte Jahrhundert vertraut gemacht hat. In früheren Zeiten wurde es dergestalt selten und nur nebenbei wohl einmal von einem der ganz Großen aufgegriffen. Dies Stilleben ist die Erholung des schöpferisch begabten Genies, das es müde ist, immer neue Gestalten seiner Einbildungskraft zu beschwören. Hier verweilt solch ein Meister einmal bei den nächsten Dingen seiner Umgebung, unterhält sich mit ihnen und läßt die Schönheit ihrer Materie zu sich sprechen. Aber während er sich so mit ihnen beschäftigt, um sie auf seine Leinwand zu bannen, schleicht sich unvermerkt doch alles, was sein Gemüt bewegt, in die unlebendigen Dinge hinein; sie beseelen sich und werden zu Trägern seiner Phantasie und seiner Leidenschaft. So sind die Stilleben, die Rembrandt gemalt hat, oder in neuerer Zeit Menzel, Courbet, Liebermann, Corinth und Nolde. –

Die deutsche Sprache offenbart hierfür ein feines Gefühl, indem sie ein stilles Leben diese Dinge nennt, die für den Franzosen, auch im Bilde, nature morte bleiben. – Ähnlich ist die Bedeutung des Stillebens bei Cézanne. Äußerlich betrachtet sieht eines seiner Bilder geruhsamer aus als die eben erwähnte Art, altmeisterlicher, fast wie ein Stück eines edlen Teppichgewebes, etwas, das zwischen alter Kunst nicht auffällt. Das Stoffliche ist hier mehr angedeutet als individuell charakterisiert. Wohl lebt auch hier die Materie und erscheint als vergeistigt, aber in dem Sinne eines alles durchströmenden Fluidums. Als Sinnbilder des Stofflichen, als etwas Jenseitiges, stehen nun die farbigen Schatten alltäglicher Geräte vor uns: ein Tischtuch, Gläser und Geschirr und die Bestandteile eines einfachen Imbisses. Zugleich aber wohnt diesen Gemälden etwas eigentümlich Gefestigtes bei, als wären sie aus Farben und aus Hell und Dunkel erbaut, die vorausgenommenen Bestandteile eines künftigen architektonischen Ganzen. Von solcher Art sind auch die Stilleben der Paula Modersohn, nicht Nachahmungen, sondern die geistesverwandten Erzeugnisse einer jüngeren Kraft von anderer Rasse. Allerdings ermangeln sie der ausgeglichenen Meisterschaft des älteren Führers; sie lassen es merken, daß ihre Vorzüge allmählich errungen sind auf einem Wege, der anderswo begonnen hatte. Aber auch sie sind von ernster Größe und erfüllt von jenem geheimnisvollen Leben, das alle tote Körperlichkeit durchrieselt. Und auch sie dürfen als Bausteine eines Stiles der Zukunft gelten, in denen sich ein neuer Farbensinn und ein neues dekoratives Bestreben seine ersten Aufgaben setzt – gleichsam, um sich zu orientieren. In diesem Sinn bildet freilich das Stilleben für Paula Modersohn die Basis der weiteren malerischen Betätigung; nur wolle man darum nicht ihre Bilder mit jenen geschmackvollen Exerzitien verwechseln, welche man herkömmlicherweise als Stilleben bezeichnet.

Paula Modersohn war sich dieser Richtung ihrer Begabung wohl bewußt; ja sie ahnte sich selber schon, als sie noch unter Mackensens Leitung unsicher ihren Weg suchte. Damals schrieb sie einmal: »In mir fühle ich es wie ein leises Gewebe, ein Vibrieren, ein Flügelschlagen, ein zitterndes Ausruhen, ein Atemanhalten: Wenn ich einst malen kann, werde ich das malen.« – So spricht nicht ein Mann, der sich seines Talentes wie eines Rüstzeuges bedient, um zu kämpfen und zu erobern. So spricht ein Weib, das auf die Stimme seines Inneren lauscht, das seinen Genius in Demut erwartet, um ihm zu gehorchen.

Von einer solchen Natur könnte man sagen, daß sie ihre Werke nicht so sehr vermöge eines Entschlusses schaffe, als daß sie vielmehr sie hervorwachsen lasse wie Pflanzen aus dem gesegneten Mutterschoß der Erde. Niemals sehen wir Paula Modersohn sich voreilig bemühen um die Früchte einer künftigen Kunst. Die Irrtümer ihrer älteren Zeitgenossen, deren wir vorhin gedachten, blieben ihr erspart. Sie ging ernst ihres Weges weiter, der ein Weg der Läuterung und der Vertiefung war. Auf äußere Erfolge hatte sie verzichten gelernt, da sie beizeiten die Bitternis der Enttäuschung und des Unverstandenseins geschmeckt hatte. So arbeitete sie für sich, nur dem eigenen Gewissen und wenigen Freunden verpflichtet. Schritt für Schritt ging ihr Weg von der Aufgabe des Stillebens weiter zu höheren Problemen einer monumentalen Malerei. Was sie sich vornahm, war ihrer Kraft vollkommen angemessen; keine umfangreichen Kompositionen bewegter Gestalten, kein Ausdruck menschlicher Leidenschaften, sondern vereinzelte oder ganz wenige Figuren, die still beisammen sind, dem Zeitlichen und Zufälligen entrückt. In Paris fand sie die Stimmung und äußere Anregung zu solchen Arbeiten. Ein italienisches Weib von mächtigen Körperformen, das einen Säugling nährte, und ein halbwüchsiges südliches Mädchen sind ihre bevorzugten Modelle der letzten Jahre. Sie gaben ihr die Motive für einige, meist unvollendete Bilder, die ihr Reifstes enthalten. – Hier erscheint sie als wundersam befreit und fügt mit traumwandlerischer Sicherheit einfache Dinge – ein paar Zimmerpflanzen, die Goldfrüchte der Orangen und Zitronen, bunte Fische in einem Glase, mit der Nacktheit menschlicher Körper zusammen zu Bildern von geheimnisvoller Schönheit. In diese Bilder legte sie ihre ganze Liebe, ihre stille Kraft und ihre Sehnsucht; doch ehe sie die letzte Hand an sie legen konnte, wurde sie abberufen.

Kapitel IV.

Wenn wir uns nun Paula Modersohns künstlerische Entwicklung im einzelnen vergegenwärtigen wollen, so haben wir vorab zu bemerken, daß dieses die Geschichte ihrer Auseinandersetzung mit den von außen auf sie einströmenden Quellen der Anregung sein wird. Man hat gut reden und den Kunsthistoriker belächeln, der gewillt zu sein scheint, jede Originalität in ein Gewebe von Einflüssen aufzulösen, da doch das angeborene Talent als ein Gnadengeschenk der Natur alles Wesentliche aus sich selbst heraus bereite. Allerdings ist es so; allein so gewiß unsere angeborene Körperkraft sich nur durch Nahrung erhält und nur in der Reaktion auf zahllose Reize sich weiterbildet, so gewiß besteht auch unsere geistige Entwicklung in nichts anderem als in der Aneignung oder der Ablehnung von Geistesnahrung im Dienste des eigenen Schaffens. In der Jugend verhält sich der Mensch den Mächten der Umwelt gegenüber wesentlich rezeptiv; das ist es, was die Anfänge auch starker künstlerischer Begabungen bisweilen als unsicher und wenig folgerichtig erscheinen läßt. Erst allmählich erstarkt der Charakter, um in dem Maße, wie er sich seiner selbst bewußt wird, das anströmende Fremde sich zu assimilieren und somit zu beherrschen. Seine Betätigung wird dann von einem Wählen begleitet, indem er unfehlbar nur das ergreift, was seiner Art gemäß ist. Dann freilich gilt es, was einmal Lichtwark in das kurze Wort prägte: Genie ist Charakter.

In einer so kurzen Lebenszeit wie der Paula Modersohns wird uns das typische Bild des Heranreifens, der Blüte und der allmählichen Auflösung nicht gewährt, wir sehen nur dem Aufstieg zu, wie er sich in sieben kurzen Jahren vollzieht. – Ihr selbständiges Dasein als Künstlerin beginnt in Worpswede. Was weiter zurückliegt, bedeutet Elementarschule und verliert sich für uns im Dunkel der Anfänge. Die Mächte, mit denen sie sich nun auseinandersetzte, waren Mackensen. Vogeler, in geringerem Maße Modersohn, und aus der Ferne Böcklin. Mackensen predigte die banale Lehre einer naturalistischen Akademie: »Am Anfang war die Kraft. Die Kraft ist das Schönste,« und dann wieder: »Sich klein fühlen vor der Natur«. – Vermutlich hatte sie Mühe, sich dieses Alpha und Omega zusammenzureimen und vermerkte einmal in drolliger Bekümmerung, daß sie »zuviel ihren eigenen kleinen Menschen in den Vordergrund treten Ließe«. Eben daß sie nicht anders konnte, war der Beweis ihrer Begabung. Mackensens Verdienst bestand darin, daß er sie nachdrücklich auf das ihr gemäße Stoffgebiet des bäuerlichen Lebens hinwies und ihr eine im akademischen Sinne gute Korrektur angedeihen ließe. Der Kern ihres Wesens wurde dadurch nicht berührt. Ihr Farbensinn entwickelte sich durchaus selbständig, d. h. er war, wie es immer zu sein pflegt, bei ihrem ersten Auftreten vollkommen da und änderte nur seine Ziele. Koloristische Vorzüge sind nicht zu erlernen; und Paula besaß sie in weit höherem Maße als Mackensen. Ferner aber war ihr als ein von Mackensen vergebens erstrebtes Gut die Gabe verliehen, im Vergänglichen das Ewige zu sehen und es schon in der Studie auszudrücken. Es lebte damals im Worpsweder Armenhaus der heruntergekommene Sohn eines alten preußischen Adelsgeschlechtes, jetzt ein Greis, der als Kuhhirte sein kümmerliches Brot erwarb. Paula hat ihn verschiedentlich gezeichnet, während er ihr die verworrenen Brocken seiner früheren Bildung, untermischt mit Reflexionen über sein Schicksal, vorschwatzte. Nun blickt uns aus ihren Blättern sein durchfurchtes Antlitz an, Züge von edler Bildung verbauert, erloschene Augen starren Blickes, das Wrack eines Menschenlebens. – Neben den Alten sind es die Kinder, die Halbwüchsigen, deren animalische Dumpfheit sie uns offenbart. Denn wir hatten es nicht gesehen, das halberschlossene blöde Wesen, das diese Geschöpfe in der Ruhe annehmen, weil unsere Aufmerksamkeit darüber hinwegglitt und das Kind in der Bewegung und im lärmenden Treiben aufsuchte. – Wie kommt es, daß auch ihre frühen Aktstudien nach schwergliedrigen Weibern den Eindruck hohen und feierlichen Ernstes machen? Sie sitzen in ihrer Entblößung da – tempelhaft wie enthüllte Mysterien der Menschheit. So sind die Dinge, die sie unter Mackensens Augen und Leitung malte, und an denen er doch keinen Teil hatte.

Anders wirkte Vogeler auf sie, nicht formbildend, aber ihre Phantasie lenkend und bezaubernd. Die Erfahrung sagt uns, daß viele Menschen für ein bestimmtes Alter geboren zu sein scheinen, in welchem ihre Talente sich am reinsten entfalten. Es gibt unter ihnen wie unter den Pflanzen Frühblüher und Spätblüher. Vogeler blühte früh. Seine Kunst war die des stillen, verträumten Jünglings, zart, zierlich, knospenhaft und jederzeit bereit, die Wirklichkeit in ein Märchen umzudichten. So entsprach er vollkommen einem Zuge des vielgestaltigen deutschen Wesens, der im Wandel der Zeiten immer wieder einmal hervortaucht – fast in allen Jahrhunderten – einem Zuge, den die Ausländer und zumal die Franzosen mit nachsichtigem Lächeln als vorzugsweise deutsch ansprechen. Vogeler steckte voll von Romantik, war liebenswürdig und wohlwollend, der Poesie und der Musik zugetan. »Der ganze Mensch wirkt märchenhaft auf mich«, sagte Paula von ihm. (So hat er auch auf andere, z. B. auf Paulas Gatten, gewirkt.) Sein Beispiel verlockte sie, eine Zeitlang ihm zu folgen. Damals entstanden die Entwürfe zu einigen phantastischen Kompositionen und Bildnisstudien bekränzter kleiner Mädchen, die uns in einer Mischung von Erdgebundenheit und seltsamem Aufputz befremdlich anschauen. Denn sie sind nicht von der hebenswürdigen Irrealität der Vogelerschen Geschöpfe, sondern höchst wirkliche kleine plattdeutsch redende Worpswederinnen, die ihren Kranz oder die Blumenvase oder ein buntes Gewand wie zur Maskerade tragen. Es gibt aus diesem Kreise die Skizze eines phantastischen alten Weibes, das auf einem gelben Sessel thront, zwei weiße Katzen vor sich und eine schwarze Katze hinter sich. Nur ein Bild wüßte ich, in dem die Tonart Vogelerscher Kunst mit Paulas Art rein versöhnt ist, das Bildnis der Tochter Modersohns aus seiner ersten Ehe, der kleinen Elsbeth. Wie das Kind mit einem Kornblumenkranz auf dem blonden Haar, halboffenen Mundes, die Hände über dem Schoß zusammengelegt, mit gesenktem Köpfchen träumend oder ein wenig müde vom Gemaltwerden dasteht, das ist vollkommen erschaut und verstanden –wie nur das mütterliche Mitfühlen der Frau ein Kind verstehen kann. Hier ist alles Sentimentale überwunden, und das lyrische Element zu einer zarten, in Worten nicht faßbaren Stimmung verflüchtigt. – Noch ziemlich lange glaubt man hier und da einen leisen Nachhall von Vogeler in Paula Modersohns Arbeiten zu verspüren – und doch war seine Art ihrem Charakter nicht gemäß; denn sie war stärker und schlichter.

Die Spur, die Modersohn in den Arbeiten seiner Gattin, und zwar nur in der ersten Zeit ihrer Bekanntschaft, zurückgelassen hat, ist bald verwischt. Wir glauben sie in einigen frühen Landschaftsstudien zu finden, aus denen etwas von der tiefen, weichen Farbigkeit widerhallt, die Modersohns ältere Arbeiten auszeichnet.

Was Böcklin unserer Malerin gegeben hat, ist schwer zu fassen und darf doch nicht übersehen werden. Vielleicht war es nicht mehr als der allgemeine Hinweis auf die dekorative Bestimmung des Bildes und auf das Vorrecht der frei schaffenden Phantasie, die an das Naturmotiv nicht gebunden bleiben könne; vielleicht war es nicht mehr als der Gegensatz zum Impressionismus. In ihm reicht Böcklin dem jüngeren Geschlecht der deutschen Maler die Hand. Er und nicht etwa Marées ist Ahnherr unserer Expressionisten. Die geläuterte Gesetzmäßigkeit, die Marees und die Seinen erstreben, ist dem Kerne deutschen Wesens nicht gemäß und erscheint in unseren Zusammenhängen als ein edles, fremdartiges Gewächs. Dagegen bricht eben das, was Böcklin dem Romanen unverständlich und abstoßend macht, das Barbarische seiner Phantastik und lauten Farbigkeit, das Ekstatische und Groteske wie ein Urlaut germanischen Wesens aus der wohltemperierten Kunstwelt seiner Zeit hervor. Und eben dieses Elementare wirkte zündend. Es ist hier nicht der Ort, dem noch unerforschten Einfluß Böcklins auf die deutsche Kunst der Gegenwart im weiteren Umfang nachzugehen; daher sei nur so viel gesagt, daß die Verehrung später geborener Künstler für einen Meister der älteren Zeit immer Geistesverwandtschaft bedeutet; und es sei daran erinnert, daß sowohl Emil Nolde wie dazumal die Worpsweder Böcklin verehrten, während sie sich (mit alleiniger Ausnahme Mackensens) dem Impressionismus Liebermanns fremd fühlten.

Es gibt in Paula Modersohns künstlerischem Nachlaß eine Kompositionsskizze zu einem Reigentanz junger Mädchen um einen entlaubten Baum; der seine schwarzen, kühn verwirrten Zweige in einen blauen, von weißen Wolken durchzogenen Himmel streckt. Hier meint man Böcklins Nähe zu spüren; doch ist sein Geist in tieferem Sinne in Paulas Kunst wirksam. Was grotesk und ekstatisch in ihr ist (und es ist nicht wenig), hängt mit ihm zusammen. In ihrer Frühzeit hat Paula eine Reihe von Landschaftsstudien gemalt, doch ohne je in der Landschaft allein ihre Aufgabe zu erblicken. Die meisten dieser Arbeiten sind für das Gesamtbild ihrer Kunst unbeträchtlich; unter den wenigen übrigen möchte ich ein kleines Bildchen aus bremischem Privatbesitz hervorheben (Nr. 247). Es ist kaum eine Landschaft zu nennen – ein Stück Vordergrund: Büschel von gelben Huflattichblumen, die aus bräunlichem Wirrsal von

Blättern, Gräsern, Erdreich aufsteigen ; darüber ein feuchter, wolkenverhangener Himmel, unter dem ein dunkler Falter schaukelt. Es ist ein Nichts als Motiv, und doch enthält es die Essenz der Landschaft dieser meerverwandten Niederung. Und eben darin erkennen wir die ewige Aufgabe der Kunst, daß sie uns einen Gefühlswert rein vermittele, während die Symbole, deren sie sich hierfür bedient, mit jedem Geschlechte wechseln, alle gleichgültig und alle wertvoll sein mögen.

Paulas malerische Technik ist in diesen Bildern ihrer frühen Jahre dünnflüssig, ohne darum behende zu sein. Was man Technik zu nennen pflegt, ist ja nichts Äußerliches, es ist nur sichtbar gewordene Innerlichkeit wie jegliche Art, uns zu bewegen und auszusprechen. Und wenn es auch Menschen gibt, die diese Mittel zu veräußerlichen suchen und sie wie Masken gebrauchen, so können doch auch diese nur ein blödes Auge über ihr Inneres täuschen. Bei Paula Modersohn aber ist die sogenannte Technik sie selber, das Atmen und Sichregen ihrer einfachen, eher schwermütigen als leichtbeschwingten Seele. Ihre frühen Zeichnungen sind von einer ernsthaften Umständlichkeit, doch niemals kleinlich, des Ganzen vergessend; und ihre Malerei gewinnt zeitweise, wenn ich recht sehe, von 1903 an, eine schwerere Stofflichkeit. Namentlich einige Stilleben und Bauernbilder gibt es, deren Oberfläche einem gobelinartigen Gewebe vergleichbar ist. Man fühlt sich an Segantini und seine Farbengeflechte erinnert. Sie erwähnt ihn auch tatsächlich an einer Stelle ihrer Tagebuchaufzeichnungen, wo sie – am 3. Juni 1902 – ausführlicher von ihrer Technik spricht; allein sie erwähnt ihn, um ihn abzulehnen. Sie las damals mit ihrem Manne das Buch von Servaes über Segantini. Modersohn zeigte sich gerade durch dessen Technik stark angeregt. Sie aber hatte Bedenken:»Auch ich träume von einer Bewegung in der Farbe, von einem gelinden Schummern, Vibrieren, einem Schummern des einen Gegenstandes durch den anderen. Aber die Mittel, die ich anwenden möchte, sind ganz andere. Dieser dicke Farbenauftrag hat für mich etwas Materielles. Ich möchte es auf dem Wege der Lasur, vielleicht über einem dick gemalten Untergrund erzeugen ... Ich glaube, man kann zehnmal übereinander lasieren, wenn man es bloß richtig macht. Auch ich glaube, daß, wenn ich weiter fortgeschritten sein werde, ich meinen Bildern eine größere Leuchtkraft geben möchte. Das werde ich aber versuchen, durch die Unterlage zu tun. Später möchte ich auch einmal versuchen, auf Goldgrund zu malen.« – Ihre Praxis entsprach der Theorie nicht völlig. Wohl wendet sie manchmal, aber keineswegs konsequent Lasuren an. Auch scheut sie durchaus nicht einen ziemlich reichlichen Farbenauftrag, den sie dann allerdings ähnlich wie Segantini strichelnd bildet oder mit dem Pinselstock aufrauht; und von dem fragwürdigen Experiment des Goldgrundes sah sie glücklicherweise ab. –

In den nächsten Jahren bevorzugt sie – namentlich in ihren Figurenbildern – diskrete Harmonien von einer schweren Tonigkeit. Zuerst sucht sie in den Stilleben leuchtendere Farben auf, und zwar in einem unerschöpflichen Reichtum von koloristischen Kombinationen, die in jedem einzelnen Falle auf das sorgfältigste abgestimmt sind. In ihrer letzten Zeit malt sie eine kleine Anzahl von phantastischen Kompositionen von stärkstem farbigen Anregungswert – Bilder, die ganz in Farben komponiert, gleichsam aus Farben erwachsen sind. Freilich wirken ihre stärksten Grade immer noch gedämpft neben der Intensität unserer Expressionisten. Inzwischen hatte sie sich von Worpswede nach Paris gewendet, wodurch ihre weitere Entwicklung bestimmt wird. Der Segen, den die Fremde ihr gewährte, äußerte sich in der Beschränkung auf die einzig wahren, die formalen Probleme ihrer Kunst. Sie war durch ihre Anlage hierfür bestimmt; allein ihr Weg wurde ihr durch alles, was sie nun sah und lernte, erleichtert. Es ist bereits gesagt worden, daß ihr erster Aufenthalt 1900 nur im allgemeinen orientierend wirkte. Simon und Cottet bedeuteten für ihre innere Entwicklung wenig oder nichts, um so mehr bedeutete die Fülle erlesenster Dinge aus dem Gesamtbereich der Kunst, die ihr in den Sammlungen und Ausstellungen zu Gebote stand. Die Worpsweder Velleitäten von Heimatkunst und Märchenerzählen fielen nun allmählich von ihr ab, und sie besann sich auf die eine Aufgabe ihres Lebens, die in ihr schlummernden Keime des eigenen Guten rein zu entwickeln. Als ein Kind der neuen Zeit erwies sie sich durch das Bestreben, die individualistische Auffassung, von welcher der Impressionismus lebte, zurücktreten zu lassen. Daß sie seine größesten Meister als fremd und folglich ihrem eigenen Vorhaben als bedrohlich empfand, ergibt sich schon daraus, daß sie sie ignorierte. In ihren Aufzeichnungen ist so wenig von den französischen Führern wie von Liebermann die Rede. Sie malt, als wäre ihre Kunst nur eine Stimme in einem vielstimmigen Chor oder als wäre sie die Beauftragte einer neuen Gemeinschaft. Eben in dieser Anonymität einer still vergeistigten Arbeit spüren wir ahnungsvoll das Nahen einer neuen Religiosität, einer Religiosität, die keiner sakralen Gegenstände bedarf, da sie die Natur in ihrer Gesamtheit mit heiligender Liebe durchdringt.

Auf diesem Wege sehen wir sie unbeirrt seit dem zweiten Pariser Aufenthalt von 1903 wandeln. Was sie nun sah und als geistesverwandt erkannte, strömte von sehr verschiedenen Seiten auf sie ein, um in dem Flusse ihrer eigenen Kunst zu verschmelzen. Und doch war in den verschiedenen Quellen ihrer Anregung jener tief gemeinsame Gehalt, der eben damals deutlich wurde, als das Verlangen der Zeit ihn aufsuchte. Die Kunst Asiens wurde damals von den jungen Künstlern erst recht entdeckt, nachdem die Impressionisten sich nur an einem ihrer späten Ableger, den japanischen Holzschnitten, gefreut hatten. Nun würden die älteren Malereien beachtet, die Skulpturen Indiens und Ostasiens, die persischen Miniaturen. Unter den alten Europäern waren es die Kölnischen Meister des späten Mittelalters, die sie aufsuchte und die Florentiner der frühen Renaissance, in ihrer Mischung von Strenge und Lieblichkeit; unter den Neueren jene Franzosen, die sich von der nervösen Interpretation der Natur abwandten, um Bilder von einer neuen Ordnung zu malen, in denen ein anderes überindividuelles Leben waltet – ein Leben, an dem alles Dargestellte gleichmäßig Teil hat, die Menschen und die Dinge. Ja, bisweilen ist es so, daß die Dinge, die Blumen, Früchte und Geräte, eine deutlichere Sprache reden als die Menschen, deren individuelles Innenleben in seiner qualvollen Kompliziertheit für den Künstler gleichgültig geworden ist. In der ahnungsvollen Sprache der Kunst wird hier die Gesinnung eines neuen Geschlechtes als Weltanschauung sichtbar.

Die Gesinnung entschied für Paula Modersohn. Wie wir es immer wieder in vergleichbaren Fällen wahrnehmen, begrüßte sie dankbar das Geistverwandte bei Größeren und Geringeren; denn allmählich erst sondern sich in solchen Zeiten des Überganges deutlich die Führer von dem Gefolge ab. Puy und Maurice Denis wurden ihr wertvoll, namentlich aber war es Gauguin in seinem starken Gefühl für eine reiche dekorative Bildwirkung und in seinen feinen manchmal einschmeichelnden Farbenakkorden, der Eindruck auf sie machte. Im Salon d'Automne von 1906 sah sie seine Gedächtnis-ausstellung. Er war keine elementare Kraft, vielmehr einer, der die Verfeinerung einer alten malerischen Kultur in eine insulare Tropenwelt trug, um nun die exotischen Stoffe mit allen Verführungen der Pariser Schule neu zu gestalten. Wir finden seine Spur in einigen ihrer späten Bilder wieder. Dann wieder fühlte sie sich zu van Gogh hingezogen, dessen Leidenschaft sie erregte. Sein Ungestüm war freilich von ihrer besonnenen Art verschieden genug, und doch gibt es Fälle, in denen sie sichtbar von ihm berührt worden ist. Daß alle diese Künstler stillebenhaft malen, ist von tiefer symbolhafter Bedeutung. Das Stilleben wird zum Neuland der Malerei. Auf diesem von allen motivischen Nebengedanken befreiten Gebiete erwächst ein neuer Stil. Sein großer Wegbereiter war Cézanne. Er, der den anderen vorangegangen war, lebt in ihnen allen; er ist es, der das Alte mit dem Neuen verbindet, zugleich die Brücke, der Weg und der Weiser. Paula Modersohn hat nach dem Urteile ihres Gatten sich ihm nicht besonders nahe gefühlt. Man möchte es nur mit Vorbehalt gelten lassen. Freilich gab es manches, was sie, ganz abgesehen vom Gewicht und Range ihrer Persönlichkeiten, voneinander trennte. Und doch verlohnt es sich, ihr Verhältnis zu ihm zu untersuchen. Cézanne ist, wie die Franzosen überall in kulturellen Dingen, ein maßvoller Revolutionär. Er erwächst aus dem Impressionismus, dessen letzte Folgerungen er zieht, um sich von ihm abzukehren. An Stelle eines höchst gesteigerten Subjektivismus verkündet er ein neues Gesetz. Das Gemälde, das unter den Impressionisten ein farbig flimmernder Raum geworden war, wird zur Flächenhaftigkeit zurückgeführt – freilich nicht zu einem Nebeneinander begrenzter Farbflächen, sondern zu einem sanften Schwingen und Ineinanderwogen der Farben. Die Impressionisten hatten illusionistisch die Atmosphäre gemalt, die die Dinge umhüllt; Cézanne deutet den Raum an. Auch die Dinge, die in dem Raum erscheinen, werden von ihm nur angedeutet, obwohl er angesichts der Natur malt. Sie verlieren von ihrer Körperhaftigkeit, ihre begrenzte Individualität verschwindet, als Farbengebilde fügen sie sich schattenhaft zu bisher unbekannten Harmonien zusammen. Cézannes Gesetzmäßigkeit ist die des farbigen Aufbaus. In den Bildern seiner Reifezeit, die seine Anfänge einer schweren Dunkel-malerei ablösen, wird die Komposition nach einem klaren und wohlausgewogenen Plane aus Farben gewoben. So sehen denn seine Gemälde aus der Ferne schimmernden Stoffen ähnlich, in denen Seide und gedämpftes Gold glänzen. Überall waltet im Sinne alter Überlieferung romanischer Kultur das Maß. Hier gibt es keine klingenden Kontraste, und die leicht aufgetragenen, manchmal nur hingehauchten Farben werden nie zur Glut entfacht. Sie bewegen sich in den Grenzen einer temperierten Helligkeit und mit Vorliebe in verwandten Harmonien von einem stumpfen Blau mit köstlich warmen goldigen und rötlichen Tönen, zu denen sich in den Landschaften das Grün der Vegetation gesellt. Eine bestimmte Linienführung fehlt, da jeder scharfe Umriß das Leben der farbigen Fläche stören würde, und doch erwächst aus der schummrigen Gestaltung deutlich das Gerüst der Komposition.

In Paula Modersohn begegnet solcher milden Reife eine junge und vergleichsweise derbe Einfalt. Die Gegenstände verflüchtigen sich ihr nicht zu farbigen Schemen, vielmehr läßt sie sie in ihrer Körperlichkeit durchaus gelten. Indessen ist es nicht so sehr das Individuelle, das sie an ihnen fühlt und darstellt, als vielmehr der gattungsmäßige Charakter. Sie sieht im Vorübergehenden das Bleibende und im Zufälligen das Allgemeingültige. Eben deswegen gewinnen ihre Bildnisse und Stilleben einen Zug von symbolischer Größe und wirken denkmalhaft. Paula Modersohn vermeidet alles lebhaft bewegte, wie sie auch die formzerreißenden Gegensätze von Licht und Schatten als Störung empfindet. Sie stellt ihre Gegenstände aus der Nähe gesehen, am liebsten sehr einfach zusammengesetzt oder vereinzelt in einer diffusen Helligkeit vor uns hin.

Unter den Deutschen ihrer Zeit fand sie wenige Gesinnungsgenossen. Ihr Gatte weist darauf hin, daß sie in ihren letzten Lebensjahren ein näheres Verhältnis zu Marées gefunden habe, dessen statuarische Größe ihre Bewunderung erregte. Eine solches Wohlgefallen bezeugt innere Verwandtschaft, wenigstens Zielverwandtschaft. Die Mittel freilich, mit denen sie ihr Ziel zu erreichen suchte, waren ganz anders als die eines Marées; denn die klassische Welt, in der sein Geist wohnte, blieb ihr fremd, so fremd wie die strenge Harmonie seines Bildaufbaus und seine Gleichgültigkeit gegen die unerschöpflichen Möglichkeiten farbiger Kombinationen, zu denen das Stilleben einlädt. Viel näher stand ihr doch – trotz allem – Cézanne. Als sie Paris verlassen hatte – ein paar Wochen vor ihrem Ende – sehnte sie sich nach ihm. Sie schreibt ihrer Mutter:»Ich woll-

te wohl gern auf eine Woche nach Paris. Da sind 56 Cézannes aus-
gestellt ...«

Während ihres letzten langen Aufenthaltes in Paris 1906 wurde
sie mit Bernhard Hoetger bekannt, in dem sie einen geistesverwandten Gefährten und Anreger erblickte. Ein Beispiel dafür, wie
die höhere Begabung sich manchmal der minder hohen verpflichtet
fühlen kann! Denn das, was in Paula Modersohn sich elementar
erhob, wurde von Hoetger, dem Kultivierten und Versatilen, vielmehr dargestellt. Was sie ihrem Talente mit den Mühen und Be-
denklichkeiten des naiven Menschen entrang, und was eben
dadurch den mitfühlenden Betrachter erschüttert –, ihm, dem durch
europäisches und asiatisches Mittelalter Belehrten, gelang es ohne
spürbare Beschwerde. Sie lebte nicht lange genug, um diesen Abstand zu fühlen und blieb somit der geistigen Gemeinschaft dankbar, die sie mit Hoetger verband; ja, es gibt sogar aus ihren letzten
Jahren Bilder, in denen man das Beispiel ihres Freundes wirksam zu
sehen meint! Kompositionen von einer gewissen hieratischen Feierlichkeit der Gebärde. Allein eben diese Bilder sind dem Gesamtein-
druck ihrer schlichten Kunst nicht völlig gemäß.

Wenn wir die Quellen nannten, aus denen sie Geistesnahrung
entnommen hat, so geschah es nicht, um ihre Selbständigkeit in
Frage zu ziehen. Eher um sie zu erhärten; denn jeder Vergleich mit
einem der von ihr Verehrten dient nur dazu, um ihre Eigenart zu
verdeutlichen. Sie hat nicht nachgeahmt, weder Gauguin, noch
Cézanne, weder Marées noch Hoetger. Sie war ihre Begleiterin auf
dem Wege nach verwandten Zielen. Und was sie von ihnen emp-
fing, erscheint als neugeboren unter dem Zeichen ihres Geistes. Den
Franzosen war sie am meisten verpflichtet und in einigen ihrer besten Stilleben verspüren wir – allem Trennenden ungeachtet – die
Geistesnähe Cézannes, ob sie sich nun dessen bewußt war oder
nicht. Die Analogien erstrecken sich bisweilen bis auf Äußerlichkei-
ten, z. B. die unbekümmerte Darstellung der von oben gesehenen
auf einem Tische ruhenden Objekte – die der Gewöhnung des Publikums als ein Herabrutschen von schräger Fläche erscheint. Dabei
scheidet sie von den Franzosen doch die tiefe Verschiedenheit der
Rasse. Ihre Kunst ist minder ausgeglichen, aber von Kräften beseelt,
die jenen fehlen. Denn ihre Ruhe ist verhaltene Leidenschaft, die

wohl einmal unversehens hervorbricht, um uns dann doppelt zu erschüttern. Nur drei Beispiele dafür!

In Worpswede diente ihr als Modell eine alte Armenhäuslerin, die, weil sie, in ihrer Unbehilflichkeit auf einen Stock gestützt, dreibeinig einherging, von Paula Modersohn und ihrer Freundin Westhoff die alte »Dreebehn« genannt wurde – ein Ungetüm von einem Weibsstück, dickbäuchig mit schweren Gliedern und groben, aufgeschwemmten Gesichtszügen, aber von einer gewissen animalischen Größe. Paula malte sie des öfteren in ihrer Art einer schwerblütigen Monumentalität, namentlich in jenem Bilde der Hoetgerschen Sammlung, wo sie in rostgelber Jacke auf einem Schemel im Freien sitzt (Nr. 19). Bald darauf entstand das Bild der Bremer Kunsthalle, wo die Alte sich auf einmal in ein phantastisches Ungeheuer verwandelt (Nr. 27). Es sind dieselben Züge, ein ähnliches Gewand, und nichts Ungewöhnliches umgibt sie – rote Mohnblumen und dazwischen eine weitbauchige, auf einen Stock gestülpte Glasflasche, der naive Schmuck eines Bauerngartens. Aber alles dies erglüht plötzlich zauberisch in der grünlichgoldigen Helle, die am Horizont eines Sommerabendhimmels steht. Die roten Mohnblumen flackern spukhaft auf, der Fingerhutstengel in den Fäusten der Alten wird zu einem beblümten Zauberstab, und ihre Mienen, die sich dunkel vom Himmel abheben, drohen wie die einer überweltlichen Unholdin. So, meint man, hätte das Scheusal schon vor Jahrhunderten die Bauern schrecken können, und ebenso mag es noch ihren späten Enkeln erscheinen. Oder irre ich mich? Ein anderer reibt sich die Augen und erklärt, nur die wohlbekannten Züge der Armenhäuslerin zu sehen. Aber nein, hier ist mehr, hier sind aus längst vergessenen Tiefen des deutschen Volkstums auf einmal wieder urtümliche Beängstigungen ans Licht gestiegen, um sich zu der Vision zu verdichten, in der ein Künstler sie beschwört. Hier ist die Verzerrung mittelalterlicher Miniaturen, hier ist die Fratzenhaftigkeit romanischer Kathedralskulpturen, hier ist der Teufelsspuk der Mysterien.

Ein weiteres Beispiel gewährt uns die alte Bäuerin der Hamburger Kunsthalle (Nr. 38). Auch sie war ein öfter benutztes Worpsweder Modell, ein müdes Weib, dessen von schweren Lidern belastete Augen uns dumpf und trübe anblicken. Nun erscheint sie auf einmal zu einem geisterhaften Leben erwacht als die Ahnfrau vieler

Geschlechter, das gelbfahle Gesicht zur Seite gewendet, mit den großen Augen in die Ferne starrend, die Hände über der Brust gekreuzt in einem seltsamen Gestus der Beschwörung.

Denselben Charakter einer elementaren Leidenschaft finden wir auch in ihren Stilleben wieder. Zwischen ernsten tonigen oder farbenstarken Gemälden steht das Sonnenblumenbild der Bremer Kunsthalle wie ein loderndes Fanal (Nr. 184). Es ist nicht nur leidenschaftlicher als irgendeiner ihrer französischen Anreger, sondern seelenhafter, von jener eigentümlichen romantischen Beseelung des Objektes, die eine Gabe der Germanen zu sein scheint. Man fühlt sich an van Gogh erinnert, denn er ist von dieser Art; nur wäre gleich zu sagen, daß die sichtbare Berührung vereinzelt bleibt. Im übrigen und formal betrachtet, steht er Paula ferner als Cézanne, nicht in seiner Gesinnung, wohl aber in dem Charakter seiner Betätigung. Dieser ist bei van Gogh, dem heftig Zupackenden, durchaus männlich, während die Zurückhaltung, das maßvoll Wägende, bei Paula ebensosehr als ein Element der Weiblichkeit erscheint wie ihre liebevolle Vertiefung in die Seele alles Dargestellten.

In ihren letzten Jahren erstarkt das architektonische Element in ihrer Kunst; sie malt Gestalten, in denen die individuelle Beseeltheit einer überindividuellen Feierlichkeit gewichen ist. Es wurde bereits erwähnt, daß in ihnen wohl Hoetgers Einfluß zu erkennen sei. Daneben aber entstehen einige wundervolle Kompositionen von einer gedämpften Monumentalität und einer Farbenharmonie, die gänzlich ihr gehören. Sie weist damit den Weg in eine Zukunft, die voller Verheißung vor ihr lag, als sie die Augen schloß. Als das bedeutendste Bild dieser Reihe erscheint mir das unvollendete der knienden Mutter mit dem Säugling in lübeckischem Privatbesitz (Nr. 141). In ihm sehen wir noch einmal alles zusammengefaßt, was erhebend und hemmend in Paula Modersohn wirksam war, ihre Größe und ihre Feinheit, ihre Mystik, ihre Weiblichkeit und ihre Kindlichkeit. In keinem Falle ist so sehr wie hier das Banale zum Monumentalen verwandelt, denn die Komposition ist ganz naiv aus den Requisiten ihres Pariser Ateliers zusammengebaut. Die Italienerin, die ihr damals als Modell diente, ist nackt auf einer weisen Scheibe niedergekniet, den Säugling an ihrer Brust haltend. Um die beiden sind am Boden ein paar Orangen symmetrisch verteilt und grüne Blattpflanzen im Hintergrund aufgestellt – wie ein Kind in seinem Spielzimmer Dinge zusammenbaut, an denen es sich freut. Wenn man es so beschreibt, möchte man es belächeln. Aber das kindliche Naturmotiv gab nun den Anlaß zu einem Gemälde von geheimnisvoller Größe und Schönheit. Aus einer gedämpften Harmonie von grünen, blauen und bräunlichen Farben erhebt sich der Körper des Weibes in mächtigem Umriß und in dunklen rosigen und lilafarbenen Fleischtönen, die das Bild beherrschen, obwohl sie sich milde ihre Umgebung einfügen. Die malerische Behandlung ist breit und leicht, beschwingt von einem Gefühl der Andacht, das im Gemüte des Beschauers sein Echo findet. Eine matte Helligkeit wie von verschleiertem Mondlicht ist über die Szene gebreitet und verleiht ihr den Charakter des Visionären.

Das Bild weist voraus in die Zukunft und zurück in ferne Vergangenheit, da es etwas enthält, was allen Äußerungen einer zugleich herben und feinen Monumentalkunst gemeinsam ist. Hier ist es anschaulich geworden, was Paula Modersohn einige Jahre zuvor ahnungsvoll begriff, als sie am 25. Februar 1903 in ihr Pariser Tagebuch schrieb:»Ich fühle eine innere Verwandtschaft von der Antike zur Gotik – hauptsächlich von der frühen Antike – und von der Gotik zu meinem Formempfinden.«

*

Wenn der Künstler sich nach Anerkennung sehnt, so ist das kein eitles Verlangen des Ehrgeizes, sondern das natürliche Bestreben, sein Werk zu vollenden, indem er es bis an das Ziel seiner Wirkung führt. Man könnte in der Tat sagen, daß ein Kunstwerk sich erst im Beschauer vollende, da es einer Brücke vergleichbar auf den Pfeilern verwandten Fühlens beim Schaffenden und beim Genießenden ruht. Dann erst, wenn dieser Zustand erreicht ist, gewährt es das volle Maß seiner Lebensspende, weil es mit dem Genießenden zugleich den Schaffenden beglückt, den es in seiner Arbeit bekräftigt. Doch unter welchen Mühen und um welchen Preis wird die Verbindung erreicht, wenn der Empfänger, dem der Künstler seine Gabe bestimmt, das Publikum ist! Diese Einheit einer namenlosen Menge ist ja nicht etwa dem Volke gleichzusetzen, sondern nur jenem Teile des Volkes, der als Repräsentant seiner Kultur und demzufolge als Richter neuer kultureller Werte auftritt. In dieser Rolle war das Publikum des neunzehnten Jahrhunderts mächtiger, in seinem Verhalten unsicherer und in seiner Betätigung unseliger als irgendein anderes. Mit seinem Beifall belohnte es die Kunst einer mittleren Schicht, in der es seine eigenen bürgerlichen Vorzüge des Fleißes, der Gefälligkeit, der Gebildetheit wiederfand. Jede starke instinktmäßige Äußerung wurde beargwöhnt und abgelehnt und der große Künstler nur insofern geduldet, als er der öffentlichen Meinung zu entsprechen schien. Immerhin waren die Zustände wenigstens so lange erträglich, als über die letzten Ziele der Kunst eine ziemliche Einmütigkeit bestand. Cornelius und Rethel haben wohl mit kleinlicher Kabale, doch kaum mit grundsätzlichen Widerständen zu kämpfen gehabt.

Als nun aber ein neues Künstlergeschlecht heranwuchs, das der laienhaften Begönnerung müde seine neuen Ideale verkündete, entbrannte der Kampf mit dem Publikum auf der ganzen Linie. Wenngleich aus diesem Kampfe schließlich die Künstler als Sieger hervorgegangen sind, so dürfen wir darum doch nie der Opfer vergessen, mit denen sie ihren Sieg bezahlen mußten. Nur wenige haben die erbitternden Folgen des Verkanntseins und der Vereinsamung ohne Schaden ertragen. Manche Maßlosigkeit und manche Schrullenhaftigkeit, andererseits auch manche entgegenkommende Schwäche sind diesem unseligen Zustand zuzuschreiben. Auch jene Atelier- und Ausstellungskunst haben wir ihr zu verdanken, die den Zusammenhang mit dem Leben und seinen Forderungen verloren hat. – Zu den Opfern der Entfremdung zählte auch Paula Modersohn, die beim Beginn ihrer Laufbahn keinen klar vorgezeichneten Weg vor sich sah und in deren weiterem Verlauf der Stärkung durch ein dankbares Echo ihrer Arbeit entbehren mußte.

Ihr erstes, wohl etwas verfrühtes Auftreten im Dezember 1899 wurde mit wütendem Schelten der Kritik begrüßt. Ein nächster Versuch, 1902 auf einer Ausstellung in Bremen zu erscheinen, mißglückte, da die Jury sie zurückwies. Dann wurden zu ihren Lebzeiten nur noch einmal ein paar Bilder von ihr im November 1906 in der Bremer Kunsthalle gezeigt – zusammen mit Arbeiten ihres Gatten und wohl auf dessen Veranlassung. Sie fanden kaum Beachtung. So war es denn kein Wunder, daß sie sich scheu zurückzog und es bei den ersten Begegnungen mit Hoetger sogar verschwieg, daß sie Malerin sei. In Worpswede wußte nicht einmal der ihr persönlich befreundete Vogeler über ihre Arbeiten Bescheid, solange sie lebte. Dann freilich, als der Inhalt ihrer Werkstatt ans Licht gezogen wurde, war Vogeler – was ihm unvergessen bleiben soll – der erste, der leidenschaftlich werbend für sie eintrat. In den nächsten Jahren folgten in Bremen, Hagen, Berlin und Hannover verschiedene Gesamtausstellungen, in denen sich bald die öffentliche Meinung zu ihr bekehrte; und nun, als kein freundlicher Zuruf sie mehr erreichte, war die Brücke des Verständnisses zwischen ihr und dem Publikum geschlagen.

Verzeichnis der Arbeiten Paula Modersohn-Beckers

Das folgende Verzeichnis umfaßt außer den vollendeten Gemälden auch manche Studien und Skizzen, und zwar zunächst solche, die in dem älteren fragmentarischen Verzeichnis von Stoermer[2] bereits angeführt worden sind oder namhaften Privatsammlungen angehören. Ihnen wurden die wertvollere Studien aus dem noch verfügbaren Nachlaß der Künstlerin angereiht, der sich bei ihrem Gatten Otto Modersohn in Fischerhude und bei Frau Philine Vogeler in Worpswede befindet, sowie die wenigen Radierungen, die wir von ihr kennen. Damit ist das Gesamtwerk von Paula Modersohn-Becker in weitem Umfange verzeichnet. Unberücksichtigt ist eine Anzahl von unbedeutenderen fragmentarischen Arbeiten geblieben, während für die Zeichnungen am Schluß ein kurzer Hinweis genügen mag.

Der Wert eines solchen Verzeichnisses besteht darin, daß es das Lebenswerk eines Künstlers in einer übersichtlichen Ordnung darbietet, welche die Auffindung und Bestimmung der einzelnen Werke erleichtert. Hierfür dürfen knappe Angaben über Bildinhalt, Maße und Material als hinreichend gelten. Der seit Erscheinen der ersten Auflage eingetretene Besitzwechsel konnte nicht völlig ermittelt werden, so daß in manchen Fällen noch die Vorbesitzer genannt sind. Die aus inneren Gründen erwünschte chronologische Ordnung erwies sich für unseren Fall als ungeeignet, da es sich nur um die kurze Spanne weniger Jahre handelt, innerhalb derer eine allgemeine zeitliche Gruppierung unschwer vorzunehmen ist, während eine genaue Datierung in vielen Fällen unmöglich bleibt, da die Künstlerin uns nur ausnahmsweise durch Angabe von Jahreszahlen Anhaltspunkte gewährt.

Da nun ferner die meisten Arbeiten Paula Modersohn-Beckers einfache Naturobjekte darstellen und von rein formaler Bedeutung sind, so würde eine Gruppierung nach den Gegenständen keinen Sinn haben. Es ist daher die Menge der Bilder nach den einfachsten Kategorien gesondert: Selbstbildnisse, Bilder mit einer menschli-

---

[2] C. Stoermer, P. Bocker-Modersohn. Katalog ihrer Werke. 1. Lieferung. Worpswede 1913.

chen Figur, Bilder mit mehreren Figuren, Stilleben, Landschaften. Innerhalb jeder Gruppe sind die Bilder nach der Größe geordnet oder genauer gesagt – weil bei der Bestimmung der Maße (in Zentimetern) die Höhe der Breite vorangestellt ist – nach ihrer Höhe. – Daten und Bezeichnungen sind überall, wo sie vorkommen, erwähnt, wobei kein Unterschied gemacht ist, ob das Monogramm von der Künstlerin oder nachträglich von ihrem Gatten, wie es manchmal der Fall ist, aufgesetzt wurde. – Der für gewöhnlich verwendete Malgrund ist durch die Buchstaben L. (Leinwand) und P. (Pappe) bezeichnet. Bei den Eigentümern, die an verschiedenen Orten Haus oder Wohnung haben, wie dem Freiherrn von der Heydt, Herrn Professor Hoetger oder Herrn von Garvens, ist nur ihr Hauptwohnsitz angegeben.

Selbstbildnisse

1a. *Selbstbildnis. Akt*

Sie steht von vorn gesehen. Das linke Bein ist vorgesetzt, der Kopf leicht nach links geneigt. In den Händen hält sie je eine Apfelsine. Die Rechte liegt in Brusthöhe, die Linke vor dem Leib. Sie trägt eine Bernsteinhalskette. Brauner Boden, schiefergrauer Hintergrund.

168 : 69 L.

Fischerhude, Otto Modersohn

1b. *Selbstbildnis, Halbakt, 1906*

Sie steht halb nach rechts gewandt, den Beschauer anblickend, eine Bernsteinkette um den Hals, den Unterkörper mit einem hellen, blaugrünen Gewand bekleidet, vor grünlichgelbem, hellem Grund, der mit grünen Tupfen bestreut ist. Unten rechts: Dies malte ich mit 30 Jahren – an meinem 6. Hochzeitstage. P. M. B. (15. Mai 1906.)

100 : 70 L. – Abb.

Worpswede, B. Hoetger

2. *Selbstbildnis mit Hut und Schleier, Brustbild*

Sie trägt ein graues, vorn offenes Kleid mit roten Rosen am Ausschnitt, am Hute einen gelben Schleier. Links und rechts roter Vorhang, bläulichgrüner Hintergrund.

88 : 58 L.

Hannover, H. von Garvens

2a. *Selbstbildnis* (in der 1. Aufl. unter 46 angeführt)

Sie steht im Strohhut und grünweiß gestreiften Kleid halb nach links gewandt, ein blaues Trinkglas in der Linken. Grauer Wolkenhimmel.

73 : 55 P.

Fischerhude, Otto Modersohn

2b. *Selbstbildnis* (in der 1. Aufl. unter 47 angeführt)

Sie steht von vorn gesehen im weißen Kleid und Strohhut, eine dunkelrote Rose in der Rechten erhebend. Halbfigur. Brauner Hintergrund. Unten brauner Sockelstreifen.

Auf der Rückseite Studie einer Frau mit Kindern und einer Ziege.

73 : 53 P.

Fischerhude, Otto Modersohn

2c. *Selbstbildnis (Halbfigur)*

Sie ist nach links gewendet und blickt aus dem Bilde heraus. Sie trägt ein grünes Kleid mit blauer Einfassung. In der Linken hält sie eine braune Schale, in der erhobenen Rechten ein Glas. Braungrauer Hintergrund.

67 : 46 P.

Fischerhude. Otto Modersohn

3. *Selbstbildnis mit Kamelienzweig, Brustbild*

Das schattige, violette Gesicht steht auf hellblaugrünem Grund. Sie ist von vorn gesehen und trägt eine Bernsteinkette sowie ein rosafarbenes Kleid. Bezeichnet unten links: P. M. B.

62 : 30 L. – Abb.

Stoermer 30 mit Reproduktion nach dem Vorwort und Cicerone VI (1914), 12.

Hagen i. W., Folkwang

4. *Selbstbildnis, Halbakt, mit Bernsteinkette, um 1906*

Sie hält in jeder Hand ein rotes Blümchen, hinten vor hellblauem Grund blau gefiederte Zweige mit roten, gelben und weißen Blüten.

60 : 50 L. – Abb.

Hannover, H. von Garvens

5. *Selbstbildnis mit Zitrone,* 1906–1907

Sie ist von vorn gesehen, leicht nach links gewendet. Die Augen blicken nach rechts zurück. In der Rechten hält sie eine Zitrone. Grüne Jacke über hellem Kleid. Violettes Gesicht. Grüne Haare.

53 : 30 P.

Stoermer 33.

Lübeck, Dr. Carl Georg Heise

6. *Selbstbildnis mit blauem, weißgestreiftem Kleid*

Sie ist halb nach rechts gewandt und hält die rechte Hand ans Kinn. Weiße Perlenkette, dunkelgraugrüner Hintergrund.

52 : 26 P.

Worpswede, B. Hoetger

7. *Selbstbildnis, Brustbild*

Sie trägt einen roten Kranz im Haar und zwei Bernsteinketten um den Hals. Blauer Hintergrund.

50 : 44 L.

Worpswede, B. Hoetger

8. *Selbstbildnis, Halbfigur*

Sie ist halb nach links gewendet und erhebt zwei rote Blumen in der Linken. Die rechte Hand ist halb sichtbar. Blaugraues Kleid mit weißem Einsatz. Schiefergrauer Grund.

50 : 25 L.

Charlottenburg, Karl Jakob Hirsch

9. *Selbstbildnis, Kopf*

Der etwas zurückgeneigte Kopf blickt ein wenig nach links. Bräunliches, rot getüpfeltes Kleid. Blaugrauer Hintergrund.

46 1/2 : 30 P.

Eddelsen, Graf Leopold von Kalckreuth

10. *Selbstbildnis mit weißer Perlenkette, 1906*

Sie trägt ein braunes, rot getüpfeltes Kleid, rötlicher Gesamtton, bläulichweißer Grund. Bezeichnet unten rechts: P.M. B.

42 : 26 P. – Abb.

Stoermer 32.

Worpswede, B. Hoetger

10a. *Selbstbildnis vor grünem Hintergrunde*

Der Kopf von vorn gesehen mit kastanienbraunem Haar, um den freien Hals Kette mit schwarzen Steinen. Graugrünes Kleid mit grauweißem Tüllbesatz vor grünem Hintergrund mit lila Schwertlilien.

40 : 38 L.

Abgebildet als Titelbild in der 2. Ausgabe der »Briefe und Tagebuchblätter«. München 1920.

Fischerhude, Otto Modersohn

11. *Selbstbildnis, Brustbild,* um 1905

Sie trägt ein grünes Kleid, vorn ist das weiße Hemd sichtbar. Grauer Grund.

39 : 26 P.

Fischerhude, Otto Modersohn

12. *Selbstbildnis, Brustbild*

Sie trägt ein blaues Kleid und erhebt die rechte Hand an das Kinn. Schwarzer Grund.

39 : 23 L.

Worpswede, B. Hoetger

13. *Selbstbildnis, von vorn gesehen,* 1903

Dunkler Hintergrund.

38 : 20 P.

Stoermer 50.

Worpswede, B. Hoetger

14. *Selbstbildnis, wahrscheinlich* 1903

Der Kopf ist von vorn gesehen. Dunkelgrünes Kleid, grauer Grund.

30 : 23 P. – Abb.

Hannover, Stadtdirektor Tramm

15. *Selbstbildnis,* 1906/1907

Der Kopf, eng vom Rahmen umschnitten, ist auf die vier Finger der linken Hand gestützt. Schieferblauer Hintergrund.

29 : 20 P.

Stoermer 31.

Hannover, Herrn. Bahlsen

16. *Selbstbildnis,* 1903–1905

Das Gesicht ist dunkel beschattet. Hintergrund unten graugrün, oben grau.

27 : 24 Holz.

Hannover, Kestner-Museum

17. *Selbstbildnis, Studie,* 1906 bis 1907

26 : 17 1/2 P.

Hamm, Dr. Löhnberg

Zu den Selbstbildnissen vgl. ferner Nr. 139.

Bilder mit einer Figur

18. *Stehender Mädchenakt mit Apfel*

Ein etwa zehnjähriges Mädchen, steht von vorn gesehen, einen Apfel in der Rechten haltend, die Linke herabhängen lassend. Dunkelgrauer Grund.

132 : 50 L.

Worpswede, B. Hoetger

19. *Alte Armenhäuslerin,* um 1905

Die Alte sitzt, mit schwarzem Strohhut auf dem Kopfe, in einer bräunlich gelben Jacke und einem violetten Rock halb nach rechts gewendet auf einem Stuhl im Freien. Vom links ein Huhn. Hinten rechts auf dem Grase zwei Hühner und ein weidender Schimmel. Die Dargestellte ist die gleiche wie auf Nr. 27.

125 : 96 L. – Abb.

Stoermer 53.

Worpswede, B. Hoetger

20. *Weiblicher Akt, auf einem Stuhl sitzend,* 1902

Die Frau sitzt, halb nach links gewendet, auf einem Rohrstuhl, die Hände neben dem Körper auf den Sitz gestützt. Die Wand im Hintergrund oben gelblichbraun, unten bläulichgrün. Dasselbe Modell wie auf Nr. 101.

110 : 89 L. – Abb.

Stoermer 58.

Bremen, Frau E. Jacobs

21. *Blasendes Mädchen im Birkenwald*

Ein etwa zehnjähriges Mädchen im schwarzgrauen Kleide geht, auf einer Kindertrompete blasend, nach rechts durch einen Birkenwald. Hinten rechts ein rot gekleidetes Mädchen am Boden. Bezeichnet unten links : P. M. B.

109 : 89 L.

Hannover, Herrn. Bahlsen

22. *Junges Mädchen auf einer Wiese sitzend.* (Früh)

Das blonde Mädchen sitzt, von vorn gesehen, im blauweißen, glockenartig ausgebreiteten Kleide, mit zusammengefalteten Händen auf einer Wiese, die mit weiß blühenden Blümchen bedeckt ist.

108 : 99 L.

Fischerhude, Otto Modersohn

23. *Kinderakt mit Goldfischglas,* 1906–1907

Ein etwa zehnjähriges Mädchen steht, ein Tellerbrett mit zwei Zitronen haltend, auf einem niedrigen Schemel. Links ein Goldfischglas mit zwei roten Fischen. Links und rechts Topfpflanzen mit großen, grünen Blättern. Der Akt in den Schatten in grünlichgelben Tönen, im Licht rosa. Bezeichnet unten rechts: P. M. B.

105 : 46 L. – Abb.

Hannover, H. von Garvens

24. *Italienisches Mädchen in blauem Kleid,* 1906

Ein italienisches Mädchen von etwa zehn Jahren im blauen Kleid hält eine blauweißgelb gemusterte Vase in den Händen. Rechts daneben eine blaue Iris in irdenem Krug. Hintergrund grau und lila.

103 : 56 P.

Stoermer 54.

Hannover, Prof. Dr. Georg Biermann

25. *Mädchen im Birkenwald mit Katze,* 1903

Das Mädchen steht, von vorn gesehen, an einen Birkenstamm gelehnt und schaut nach links, eine weiße Katze im Arm haltend. Im Hintergrund Kinder.

97 : 81 L.

Stoermer 37.

Worpswede, B. Hoetger

26. *Kind mit Kaninchen*

Ein blondes Mädchen mit einem gelben Kranz im Haar hält sich mit der Rechten an ein dünnes Bäumchen. Vorn ein weiß und dunkel geschecktes Kaninchen. Links ein Bach.

95 : 79 P.

Fischerhude, Otto Modersohn

27. *Alte Armenhäuslerin*

Sie sitzt mit schwarzem Strohhut und weißer Haube in einer rostfarbenen Jacke und dunklem Rock, einen Fingerhutstengel in der

Linken, mit übereinandergelegten Händen halb nach links gewendet, im Freien. Hinter und neben ihr rote Mohnblumen, links, auf einen Stock gestülpt, eine große grünliche Glasflasche, wie sie zum Schmuck von Bauerngärten verwendet wird. Abendlich heller Himmel. Die Dargestellte ist dasselbe Modell wie auf Nr. 19.

95 : 78 L. – Abb.

Bremen, Kunsthalle

28. *Bildnis der Frau Professor Hoetger,* 1906

Die Dargestellte steht, von vorn gesehen, mit übereinandergelegten Händen. Sie ist barhäuptig und trägt ein hellblaues, grün getüpfeltes Kleid mit kurzen, abstehenden Ärmeln, um den Hals eine Korallenkette. Links und rechts neben ihr steigen rote Blütenbüsche auf, über denen rosa und lila Astern stehen. Gelber Himmel, links und rechts ein Schmetterling.

91 : 73 L.

Worpswede, B. Hoetger

29. *Sitzender Mädchenakt mit Blumenvasen,* 1907

Das Mädchen, von gelber Hautfarbe, ist halb nach links gewendet. Es trägt einen gelben Kranz im Haar und eine blauweiße Kette um den Hals. Links eine Fingerhutstaude in weißer Vase. Rechts eine solche in einer schwarzen Flasche. Hinten links starkes Rot, unten dunkles Grün. Bezeichnet unten links: P. M. B.

91 : 110 L.

Stoermer 52.

Elberfeld, Geheimrat Freiherr von der Heydt (Heise, Katal. Nr. 169)

30. *Alte Armenhäuslerin*

Sie sitzt, von vorn gesehen, im schwarzen Strohhut, schwarzen Kleid und braunschwarz gestreiften Umschlagetuch, die Hände nebeneinander auf dem Leib haltend. Hinten eine blumige Wiese. In blauem Himmel vereinzelte Wolkenfetzen.

89 : 76 P.

Fischerhude, Otto Modersohn

31. *Bauernkind, auf einem Stuhl sitzend*

Ein etwa achtjähriges Mädchen in grünlichblau gestreiftem Kleid und Holzschuhen sitzt, von vorn gesehen, im Zimmer auf einem Rohrstuhl, die Hände auf dem Schoß zusammengelegt. Hinten ein brauner Schrank. Das Bauernkind ist das gleiche wie auf Nr. 134 und 177. Bezeichnet unten links: P. M. B.

89 : 60 L. – Abb.

Bremen, Kunsthalle

32. *Bildnis des Fräulein Wenzel, Halbfigur*

Die Dargestellte sitzt in grauem Kleid nach rechts gewendet mit halbgeöffnetem Munde, die Hände auf dem Schoß zusammengelegt. Große gelbe Brosche.

88 : 65 L.

Fischerhude, Otto Modersohn

33. *Bauernfrau, Halbakt*, 1903

Die Frau sitzt von vorn gesehen, den Kopf etwas nach links geneigt. Braune Arme, dunkelgrauer Grund. Links oben ein Stück hellblauen Grundes.

83 : 45 P.

Stoermer 38.

Fischerhude, Otto Modersohn

34. *Frau mit Katze und Papagei*, 1907

Hinter einer Brüstung steht ein nacktes Weib (das italienische Modell ihrer letzten Pariser Zeit) von vorn gesehen mit nach rechts geneigtem Kopfe, in den Armen eine gestreifte Katze haltend. Links neben ihm auf einer Stange ein Papagei. Auf der Brüstung ein gelbes Blumentöpfchen auf weißem Teller und drei Orangen. Bezeichnet unten links : P. M. B.

83 : 45 L. – Abb.

Stoermer 39.

Elberfeld. Geheimrat Freiherr von der Heydt (Heise, Katal. Nr. 168)

35. *Alte Bäuerin, im Linksprofil sitzend*

Sie hält die Hände auf dem Schoß zusammengelegt. Schwarzes Kopftuch, bräunlichgrünes, dunkles Kleid. Grauer Hintergrund. Die Dargestellte ist dieselbe wie auf Nr. 98.

82 : 65 L. – Abb.

Worpswede, B. Hoetger

36. *Halbakt einer Bäuerin*, um 1902

Die Frau sitzt ein wenig nach links gewendet, die Hände auf die Oberschenkel gelegt. Über dem dunkelgrünen Kleid, unterhalb der Brüste, ist das weiße Hemd sichtbar. Die Wand hinten und unten lehmfarben, oben blau.

82 : 55 L.

Worpswede, B. Hoetger

37. *Akt eines schlummernden Mädchens*

Ein etwa fünfzehnjähriges Mädchen schlummert mit zusammengelegten Armen nach rechts gewandt auf weißem Laken. Hinten ein braungraues Tuch.

80 : 94 L.

Worpswede, B. Hoetger

37a. *Sitzende Armenhäuslerin*

Die Alte, in rostgelber Jacke und dunklem Strohhut, sitzt im Freien nach rechts gewendet. Im Hintergrund zwei Bäume.

78 : 60 P.

Hamburg-Hochkamp, Dr. Rauert

38. *Alte Bäuerin mit auf der Brust gekreuzten Händen*, 1906–1907

Die Alte sitzt, halb nach links gewendet, in blauem Kleid mit weißer Haube vor einer Brüstung. Auf ihrem Schöße drei Blümchen. Gesicht und Hände sind gelb. Hinten helleuchtend grünes Laubwerk.

77 : 57 L. – Abb.

Stoermer 71 mit Reproduktion und Cicerone VI (1914), 13.

Hamburg, Kunsthalle

39. *Elsbeth*, 1902

Die Tochter Modersohns aus erster Ehe, ein barfüßiges Kind von etwa fünf Jahren, steht, nach links gewendet, in hellem, grün getüpfeltem Kleid, einen Kornblumenkranz im Haar, auf einer Wiese. Die Hände über dem Leib zusammengelegt, rechts neben ihr eine Fingerhutstaude, links ein paar Hühner.

85 : 75 L. – Abb.

Bonn, Frau Ebba Laurentsson

40. *Italienisches Mädchen, im Rechtsprofil von Efeukränzen umrahmt,* 1906

Das Mädchen trägt ein blaues Kleid. Die Efeukränze hängen in zwei lila Rosetten. Auf der Rückseite: Eine Frau im grünen Kleid mit zurückgelegtem Kopf, eine Zitrone in der Rechten haltend.

75 : 49 P.

Stoermer 6.

Elberfeld, Geheimrat Freiherr von der Heydt (Heise, Katal. Nr. 177)

41. *Sitzende Alte mit Katze*, 1904

Sie sitzt in schwarzem Gewand, von vorn gesehen, im Lehnstuhl im Freien. Rechts neben ihr eine weiße Katze. Landschaft in braungrauen Tönen. Violette Luft. Bezeichnet unten rechts: P. M. B. Datiert unten links: X. 04.

74 : 58 P.

Stoermer 24.

Fischerhude, Otto Modersohn

42. *Bäuerin im roten Kleid* 1905(?)

Die Dargestellte steht mit schwarzem Hut, schwarzrot gemusterter Bluse und rotem Kleid, von vorn gesehen, in einer Landschaft. Links Birkenstamm.

Unten rechts undeutlich datiert: 05 (?).

74 : 50 P.

Fischerhude. Otto Modersohn

43. *Sitzende alte Bäuerin*

Die Dargestellte sitzt im Profil nach rechts, ein Taschentuch im Schoße haltend. Kniestück. Grünlichgrauer Hintergrund. Unten links undeutlich bezeichnet: P. M.

73 : 59 L.

Hannover, H. von Garvens

44. *Hockendes Mädchen*, 1906–07

Ein nacktes Mädchen von etwa fünf Jahren mit einer weißen Perlenkette auf dem Scheitel und Perlenketten an den Handgelenken sitzt, halb nach rechts gewendet, auf den untergeschlagenen Beinen am Boden auf einer weißen Scheibe. In der Rechten hält es ein gefiedertes Blatt. Die Hände sind zusammengelegt. Neben ihm am Boden links und rechts eine Zitrone und eine Apfelsine. Rechts hinten ein storchähnlicher Vogel mit langem Hals. Bläulichgrüner Grund. Die Fleischtöne sind gelblich und lila. Roter Teppich.

73 : 59 L. – Abb.

Hannover, Herrn. Bahlsens Erben

45. *Bauernkind im roten Kleid*, 1902

Das Kind sitzt rechts neben einem Birkenstamm. Auf der Rückseite eine nach links gewendete Alte im Freien sitzend. Datiert: 1902.

73 : 57 P.

Charlottenburg, Frau Dr. Hirsch-Lotz

46. Siehe 2 a.

47. Siehe 2 b.

48. *Knabe zwischen Birken*

Ein blonder Bauernjunge von etwa vierzehn Jahren sitzt, nach links gewendet, im Birkengehölz am Boden, ein Blümchen in den Händen haltend. Hinten ein Wasserspiegel.

73 : 52 L.

Fischerhude, Otto Modersohn

49. *Bauer mit Strohhut, Studie,* 1904

Der braune, besonnte Kopf erscheint im Linksprofil vor blauer Luft. Graue Weste, gestreifte Hemdsärmel. Bezeichnet unten links: P. M. B. 04.

73 : 52 P.

Stoermer 23.

Fischerhude, Otto Modersohn

49a. *Blondes Mädchen*

Ein etwa zwölfjähriges Mädchen sitzt in weißem Hemde und grauem Rock nach links gewendet im Freien. Hals und Arme sind nackt. Ein Zopf ihres blonden, gescheitelten Haares fällt über ihre linke Schulter. Hinter ihr ein blaues Feld, weiterhin ein grünlich gelbes und brauner Waldrand. Bläulichweißer Himmel.

73 : 51 P.

Bremen, Frau Baurat Becker

49b. *Alte Bäuerin mit Ziege und Hühnern*

Die alte Armenhäuslerin sitzt mit graugrüner Jacke, rötlicher Schürze, dunklem, blumengeschmücktem Hut mit ihrem kurzen Stock nach links gewandt auf einem Stuhl. Um sie herum auf grüner Wiese eine grasende Ziege, einige Hühner, ein kleines Mädchen in rotem Kleide, einige dünne Birkenstämme. Silbriger Luftton.

73 : 51 P.

Fischerhude, Otto Modersohn

50. *Bäuerin, Halbfigur,* 1905

Die Dargestellte steht, von vorn gesehen, den Kopf in die linke Hand gestützt, den linken Ellenbogen in der Rechten haltend. Datiert unten rechts: 05. Auf der Rückseite Studie eines Mädchens zwischen schlanken Bäumen.

73 : 50 P.

Fischerhude, Otto Modersohn

50a. *Mädchenakt im Profil*

Blondhaariges, mageres Mädchen mit blauweißer Perlenkette im Profil, nach links blickend, ihr Hemd im Arm haltend, vor graugelbem Hintergrund.

73 : 39 P.

Fischerhude, Otto Modersohn

50b. *Mädchen in Dämmerung, Halbfigur*

Ein dunkelhaariges Bauernmädchen mit schwarz-grau kariertem Kleide und rosa Schürze unter herbstlichen Bäumen vor blaugrauem Himmel.

72 : 55 P.

Fischerhude, Otto Modersohn

51. *Bäuerin zwischen Birken stehend,* 1900

Die Dargestellte steht zwischen zwei Birkenstämmen, mit der Linken an einen der Stämme gelehnt. Hinten Felder. Blauer Himmel. Unten rechts datiert: 00.

72 : 52 P.

Fischerhude, Otto Modersohn

51a. *Kind und Ziege.*

In einem Innenraum sitzt links ein blondes Kind in rotem Kleid. Hinten eine weiße Ziege.

72 : 52 P.

Hamburg-Hochkamp. Dr. Rauert

52. *Mädchen mit Uhrgewicht.* (Früh)

Ein blondes Mädchen von etwa zwölf Jahren sitzt, von vorn gesehen, im braungestreiften Kleid, die Hände im Schoß zusammengelegt. An der Wand hinter ihr rechts ein Uhrgewicht. Die Wand ist oben grünlichblau, unten lila gestrichen.

72 : 50 P. – Abb.

Worpswede, B. Hoetger

53. *Worpsweder Kind*

Die Dargestellte steht in rotem Kleid und weißer Mütze vor Sonnenblumen und Mohn. Birkenstämme. Sehr leuchtende Farben.

72 : 47 P.

Hamm, Dr. Löhnberg

54. *Halbfigur eines etwa achtjährigen Mädchens*, 1903

Die Dargestellte trägt ein rosafarbenes Wams und graublau gestreiftes Kleid, im Haar einen gelben Kranz. Sie blickt nach rechts auf und hält die Hände zusammengelegt. Die Wand hinter ihr ist unten blau, oben grünlichblau gestrichen. Datiert unten links: 1903. Auf der Rückseite ein sitzender Mädchenakt.

72 : 47 P.

Hannover, Herrn. Bahlsens Erben

55. *Bauersfrau*, 1903

Die alte Armenhäuslerin sitzt in rotem Wams und hellgrünem Kleid, einen schwarzen Strohhut auf dem Kopfe, von vorn gesehen, auf einem Erdhügel, eine Hacke in der

Rechten, die Linke im Schoße haltend. Links und hinten Bäumchen. Datiert unten rechts: 03.

71 : 55 P. – Abb.

Groß-Flottbeck, Otto Winter

56. *Krankes Mädchen*, 1900

Ein etwa achtjähriges Mädchen sitzt halb nach links gewendet, den Beschauer ansehend. Hinten links ein Tisch, darauf ein weißer Napf mit gelben Blümchen. Blaues Sofa. Datiert unten rechts: 1900.

71 : 53 P.

Worpswede, B. Hoetger

56a. *Sitzendes Bauernmädchen*

Ein blondes Mädchen mit rot und grün kariertem Kleide sitzt halb nach links gewandt; es stützt das Kinn in die rechte Hand. Lichte, silberne Luft, einige dünne Bäume.

71 : 42 P.

Fischerhude, Otto Modersohn

57. *Liegender weiblicher Akt,* 1905

Eine blonde Frau liegt nach rechts gewendet auf dem Bette, den Kopf auf den Arm gelagert. Hinten eine schiefergraue Wand mit mattgelblichem Lilienmuster. Bezeichnet: P. M. B.

70 : 112 L. – Abb.

Stoermer 44. Cicerone VI (1914), 10 mit Reproduktion.

Hannover, H. v. Garvens

58. *Knabe mit Katze*

Der Dargestellte, der eine schwarze Kappe und schwarze Jacke trägt, steht von vorn gesehen, eine weiß und schwarz gefleckte Katze in den Armen haltend.

70 : 45 L.

Hannover, Kestner-Museum

59. *Bauernmädchen, Halbfigur*

Die Dargestellte sitzt, nach links gewendet, im Profil, auf dem roten

Haar einen schwarzen Strohhut, und hält in der Rechten eine rosa Anemone, die Linke ruht auf dem Schoß. Sie trägt eine blaue Bluse und schwarzes Kleid.

70 : 45 L.

Fischerhude, Otto Modersohn

59a. *Italienisches Kind in Halbakt*

Das dunkeläugige Kind sitzt von vorn gesehen, nur mit rosa und weiß gestreiftem Röckchen bekleidet, in der Hand einen Zweig mit tiefroter Rose, vor lichtgelbem Hintergrunde auf brauner Decke.

70 : 41 P.

Fischerhude, Otto Modersohn

60. *Kinderakt*

Das blonde Kind sitzt von vorn gesehen, etwas nach links gewendet auf einer grau karierten Decke am Boden. Brauner Hintergrund.

68 : 57 L.

Hamm. Dr. Löhnberg

61. *Mädchen mit Kaninchen, 1904*

Der Kopf des blonden Mädchens erscheint im Rechtsprofil. Es drückt mit beiden Händen ein flüchtig angedeutetes weißes Kaninchen an sich. Unten rechts bezeichnet: P. M. B. 1904.

66 : 48 P.

Stoermer 14.

Elberfeld, Geheimrat Freiherr von der Heydt (Heise, Katal. Nr. 184)

62. *Sitzendes Kind mit Marienblümchen in den Händen*

Ein etwa zweijähriges Kind mit strohblonden Haaren in dunklem Kleid sitzt nach links gewendet, ein Marienblümchen in den Händen auf rot-weiß gewürfeltem Kissen. Brauner Hintergrund.

65 : 58 L.

Bremen, Ludwig Roselius

62a. *Kind an einer Birke*

Ein etwa dreijähriges blondes Kind sitzt von vorn gesehen in rotem Kleid mit braunen Streifen und weißem Kittel, in der Rechten eine grüne Frucht haltend, vor einer Birke. Rechts ein zweiter dünner Birkenstamm. Schmaler Streif weißblauen Himmels. Rückseite: Mädchen mit nackten Beinen auf einer Böschung nach rechts sitzend.

65 : 48 P.

Fischerhude, Otto Modersohn

63. *Sitzendes Kind im Birkenwald*

Ein flachsblondes Mädchen in rotbraunem Kittel und schwarzem Rock, sitzt im Linksprofil am Boden.

64 : 49 L.

Worpswede, B. Hoetger

64. *Schlafendes Kind*

Ein etwa zweijähriges, mit einem grau-roten Kittel bekleidetes Kind liegt mit dem Kopf nach rechts auf dem Rücken im Bett. Graurot gewürfeltes Kopfkissen. Grau gewürfeltes Federbett.

63 : 69 L.

Bremen, Dr. Becker-Glauch

65. *Mädchen mit Kaninchen*, 1905

Die Dargestellte steht in Halbfigur von vorn gesehen in rotbraunem Kleid gegen blaue Luft. Unten links bezeichnet: P. M. B. Rechts unten: 05.

62 : 56 P.

Stoermer 2.

Elberfeld, Geheimrat Freiherr von der Heydt (Heise, Katal, Nr. 187)

66. *Mädchen unter Birkenstämmen*, 1903

Ein junges Mädchen sitzt nach links gewendet, ein gelbes Blümchen in der Rechten, am Boden. Braunes Kleid. Unten rechts datiert: 03.

62 : 54 P.

Hannover, Stadtdirektor Tramm

67. *Halbakt eines kleinen Mädchens mit schwarzem Hut*

Ein etwa achtjähriges Mädchen mit schwarzem Hut auf dem Kopfe und weißer Perlenkette um den Hals steht, einen Apfel in der Linken haltend, vor blauem Hintergrund. Links eine lilagraue Wand.

62 : 42 L.

Hannover, Herrn. Bahlsens Erben

68. *Säugling*

Ein einjähriges kleines Mädchen – Marie Luise Vogeler, die älteste Tochter des Malers – erscheint aufrecht im hellen Kleide, eine weiße Perlenkette um den Hals und eine Perlenkette in den Händen, vor hellgrauem Grunde. Fragment eines unvollendeten Bildes, auf dem rechts die Mutter dargestellt war, die das andere Ende der Perlenkette hielt.

62 : 32 L.

Worpswede, Heinrich Vogeler

69. *Mädchen mit Katze,* 1905

Es steht von vorn gesehen, eine Katze in den Armen haltend. Unten links datiert: 05.

60 : 44 P.

Hannoversche Ausstellung 1917, Nr. 89

70. *Sitzende alte Frau mit aufgestütztem Arm,* 1903

Die Dargestellte in blauer Jacke und weißer Haube sitzt von vorn gesehen, das Gesicht in die linke Hand gestützt; die Rechte ruht am linken Ellenbogen. Die Arme sind nackt. Dunkler Hintergrund.

70 : 59 L. – Abb.

Stoermer 69.

Hamburg, Kunsthalle

70a. *Alte Bäuerin*

Die alte Armenhäuslerin sitzt mit lederbrauner Jacke, grünem Rocke, blauer weißgetupfter Schürze, schwarzem Hut mit rosa Blumen und weißer Haube auf einem Schemel, halb nach links. Sie stützt die Rechte auf eine Hacke. Links ein Baumstamm. Hinter ihr Feld. Weißlichblauer Himmel. Datiert links unten 03. Rückseite: Mädchen in rotem Kleid an einem Birkenstamm.

59 : 61 P.

Charlottenburg, Dr. Pretokowsky

70b. *Frauenkopf im Linksprofil*

Die Frau trägt einen schwarzen Strohhut mit grünem Band und hält drei Tulpen in der Linken.

57 : 67 P.

Hamburg-Hochkamp, Dr. Rauert

71. *Mädchen mit gelbem Kranz*, 1901

Die Dargestellte erscheint im Brustbild von vorn gesehen vor einer silbriggrünen Landschaft. Links und rechts ein dünnes Baumstämmchen. Bezeichnet unten rechts: P. M. B. Datiert unten links VII 1901.

54 : 38 P. – Abb.

Stoermer 1.

Elberfeld, Geheimrat Freiherr von der Heydt (Heise, Katal. Nr. 178)

72. *Mädchen mit grüner Kette*, um 1904

Ein etwa sechsjähriges Mädchen sitzt von vorn gesehen mit einem Blumenkranz im Haar auf einem Stuhl, die Hände im Schoß haltend. In der Rechten hält es ein Blümchen. Braunes Kleid.

55 : 42 L.

Fischerhude, Otto Modersohn

73. *Akt einer Italienerin. Brustbild*, um 1906

Sie hebt in der Rechten einen Teller mit einer Apfelsine. Im Hintergrund eine rotüberzogene Brüstung mit einer Stufe, auf der ein Teller mit einer Zitrone steht.

55 : 38 L.

Hannover, Herrn. Bahlsens Erben

74. *Sitzende Alte*, um 1904

Die Dargestellte sitzt von vorn gesehen auf einer Bank vor einem Birkenstamm. Bleiches Gesicht. Tiefbraunes Kleid und schwarzes Kopftuch. Violette Luft.

54 : 73 P.

Stoermer 19.

Worpswede, Frau Fritsch

75. *Knabe unter Birken. (Flüchtige Studie)*

Ein hemdärmeliger Knabe sitzt mit einem Strohhut auf dem Kopfe nach rechts gewendet auf dem Boden zwischen Birkenstämmen.

Rechts hinten ein kleines Figürchen im roten Gewand. Blauer Himmel.

54 : 73 P.

Worpswede, B. Hoetger

76. *Mädchen in Rosa,* um 1901

Brustbild. Die Dargestellte erscheint von vorn gesehen, den Kopf ein wenig nach rechts geneigt, vor braunem Hintergrund. Links ein helles Fenster mit kleinen Scheiben. Bezeichnet unten rechts: P. M. B.

53 : 40 P.

Stoermer 7.

Elberfeld, Geheimrat Freiherr von der Heydt (Heise, Katal. Nr. 176)

77. *Bauernmädchen*

Ein etwa achtjähriges Mädchen im blauen Kleid mit einem gelben Kranz im Haar steht von vorn gesehen, ein Marienblümchen mit den Händen vor dem Kinn haltend. Hinten Wiese und Waldrand. Bewölkter Himmel.

53 : 50 P.

Fischerhude, Otto Modersohn

77a. *Bauernmädchen*

Das braunäugige Mädchen steht von vorn gesehen mit verschränkten Armen. Rosa Jacke, blauschwarzer Hintergrund.

53 : 41 L.

Bremen, Frau E. Jacobs

78. *Blondes Mädchen,* 1901

Der Kopf der Dargestellten ist nach links gewendet. Sie trägt ein weißes Hemd. Hinten Weidenbäume. Grauer Wolkenhimmel. Datiert unten links: 1901.

53 : 33 P.

Hannover, Ausstellung 1917, Nr. 3

79. *Bauernkind mit Ziege*

Ein etwa sechsjähriges blondes Bauernmädchen steht von vorn gesehen, die Augen mit der Linken beschattend, in einem grau-rot gestreiften Kleid auf einer Wiese, eine weiße Ziege mit der Rechten haltend. Hinten links sitzt Modersohn mit Strohhut in grauem Anzug.

52 : 72 P.

Fischerhude, Otto Modersohn

80. *Kind in der Wiege,* um 1904

Ein Säugling, von dem nur der Kopf sichtbar ist, schläft nach rechts gewendet auf lila weiß gestreiftem Kissen auf einem Federbett in einem Korbe. Brauner Grund.

52 : 56 L. – Abb.

Stoermer 60.

Elberfeld, Geheimrat Freiherr von der Heydt (Heise, Katal. Nr. 190)

81. *Junges Mädchen mit gelben Blumen im Glase,* 1902

Ein etwa zwölfjähriges blondes Mädchen hält nach links gewendet in den erhobenen Händen ein rundes, weißblaues Weinglas mit gelben Blümchen. Rosa Kleid mit kurzen Ärmeln. Hinten auf hellblauer Wand ein paar Bilder. Datiert oben links: 1902.

52 : 52 P.

Berlin-Lichterfelde, Frau Professor Weinberg

82. *Knabe mit grasender Ziege,* 1902

Im Hintergrund Felder und Bauernhäuser, rechts eine große Glasflasche auf einen Stock gestülpt.

51 : 71 P.

Stoermer 13.

Elberfeld, Geheimrat Freiherr von der Heydt (Heise, Katal. Nr. 185)

83. *Frauenbildnis, Brustbild* um 1902

Die schwarz gekleidete Dargestellte ist von vorn gesehen; die Augen blicken nach links. In der Rechten hält sie ein Taschentuch. Im Hintergrund rechts lilagraue

Wand, links ein grünlichblauer Luftton.

51 : 50 L.

Hannover, Herrn. Bahlsens Erben

84. *Brustbild einer jungen Frau*

Die Dargestellte ist halb nach rechts gewendet. Die Augen blicken zum Beschauer zurück. Blondes Haar. Sie trägt über blauem Kleid ein silbernes Medaillon und eine schwarze Jacke. Grauer Hintergrund.

51 : 42 L.

Fischerhude , Otto Modersohn

84a. *Sitzende Bäuerin*

Eine Bäuerin im dunkelbraunen Kleid sitzt im Freien. Rechts hinten ein Haus. Datiert unten rechts.

50 : 60 P.

Hamburg-Hochkamp, Dr. Rauert

84b. *Porträt Professor Sombart*

Von vorn gesehen, bis zu den Schultern sichtbar. Das dunkle Kopfhaar und der dunkle Bart zeigen ebenso wie an der Kleidung vielfach rote Konturierung. Schwarzer Rock, blaue Krawatte. Graublauer Hintergrund.

50 : 46 L.

Fischerhude, Otto Modersohn

85. *Brustbild der Bildhauerin Clara Rilke-Westhoff* , 1905 (im Februar in Paris)

Das bräunliche Gesicht ist etwas zurückgeneigt. Die Augen blicken nach rechts. Sie trägt ein weißes Kleid und erhebt in der Linken eine tiefrote Rose. Dunkler Grund.

50 : 36 L. – Abb.

Stoermer 67.

Hamburg, Kunsthalle

85a. *Bauernkind in Wiege schlafend* (in der 1. Aufl. unter 109 angeführt)

Das blonde Kind hegt mit rotem Jäckchen und grauem Leibchen, einen Säuger im Munde, in roten Kissen.

49 : 38 P.

Fischerhude, Otto Modersohn

86. *Kopf eines Bauernmädchens mit schwarzem Strohhut*

Die Dargestellte ist halb nach rechts gewendet.

49 : 38 P.

Eddelsen, Graf Leopold von Kalckreuth

87. *Brustbild eines blonden Mädchens in weißem Kleid*

Die Dargestellte erscheint im Rechtsprofil. Dunkelgrüner Grund.

48 : 48 L.

Worpswede, B. Hoetger

88. *Mädchen mit blauweißer Kette im Haar, Brustbild* 1903

Die blonde Dargestellte ist halb nach rechts gewendet. Graugrünes Umschlagtuch. Vor der Brust ein Strauß orangefarbener Blumen.

48 : 42 P. – Abb.

Stoermer 57.

Elberfeld, Geheimrat Freiherr von der Heydt (Heise, Katal. Nr. 175)

89. *Alte Armenhäuslerin im Stuhl*

Die Dargestellte sitzt nach rechts gewendet im Stuhl. Gelbe Jacke, dunkler Strohhut, braunes Kleid. Die Rechte ist auf einen dicken Stock gestützt.

48 : 36 P.

Basel, Frau Milly Rohland

89a. *Brustbild eines jungen Mädchens mit Löwenzahnkranz*

Die Dargestellte ist halb nach links gewendet und hält in den gefalteten Händen ein Blumensträußchen. Ihre rotblonden Haare sind aufgelöst. Gelblichweißes Kleid. Bewölkter Himmel. Hinten dunkelgrüne Landschaft.

48 : 35 Holz.

Charlottenburg, Frau Marie Thiele

90. *Brustbild eines jungen Mädchens mit Marienblümchenkranz*

Sie trägt ein türkisblaues Kleid und hält in der Rechten eine rosa Vase.

47 : 33 Lindenholz. – Abb.

Hamm, Dr. Löhnberg

91. *Mädchenkopf*

Die Dargestellte ist von vorn gesehen; sie trägt einen kleinen, gelben Strohhut mit einem Marienblümchenkranz. Weißes Kleid. Bezeichnet unten links: P. M. B.

46 : 42 P.

Fischerhude, Otto Modersohn

91a. *Mädchen mit Schleier*

Brustbild eines jungen Mädchens von vorne im Freien. Sie trägt ein diagonal blau und mattviolett gestreiftes Kleid. Ein violetter Schleier, der auf dem Kopfe durch eine weiße Perlenkette gehalten wird, fällt an beiden Seiten des Kopfes herunter. Im Hintergrunde links gegen den Horizont ein kleiner grüner Busch. Weißlichgrauer Himmel.

46 : 40 P.

Bremen. Frau Baurat Becker

92. *Brustbild eines etwa zwölfjährigen italienischen Mädchens*

Die Dargestellte trägt ein graues Kleid und auf dem dunklen Haar eine rote Schleife. Sie ist halb nach links gewendet und erhebt die rechte Hand zum Halse. Hinten eine grüne Wiese, darüber blauer Himmel mit Wolken. Bezeichnet unten links: P. M. B.

46 : 36 P.

Hannover, Herrn. Bahlsens Erben

93. *Brustbild eines blonden Mädchens*

Die Augen blicken nach links. Hinten einzelne Baumstämme vor blauer Luft. Blaues Kleid. Auf der Rückseite eine mit 1900 datierte Studie von zwei Bauernjungen.

45 : 63 P.

Fischerhude, Otto Modersohn

94. *Italienisches Mädchen*

Bez. P. M. B.

45 : 42 P.

Hannover, H. v. Garvens

95. *Brustbild eines Kindes mit roter Kapuze und weißer Schürze*

45 : 38 P.

Worpswede, B. Hoetger

96. *Brustbild eines etwa zehnjährigen Mädchens*

Die braunhaarige Dargestellte erscheint im schwarzen Kleide vor einer Brüstung, den Kopf halb nach links gewendet. In der Redeten hält sie ein gelbes Blümchen. Hinter der Brüstung sind Baumstämme und Gebüsch sichtbar.

45 : 37 L.

Fischerhude, Otto Modersohn

96a. *Profilkopf einer hellblonden Frau*

Dunkelblaugrauer Hintergrund.

45 : 37 P.

Stuttgart, Fräulein Käthe Löwenthal

97. *Sitzendes Mädchen mit Apfel, 1906*

Ein etwa zehnjähriges blondes Mädchen sitzt auf einer mit rotem Tuch verhüllten Bank, in beiden Händen einen Apfel haltend. Blauer Hintergrund. Datiert unten links: 06.

45 : 23 L.

Worpswede, B. Hoetger

97a. Elsbeth vor Landschaft

Der hellblonde Kopf halb nach links gewandt in dunklem Kleide vor weiter Ebene, durchzogen von einer Birkenallee. Dunstige, silbergraue Luft.

43 : 27 P.

Fischerhude, Otto Modersohn

97b. Alte Bäuerin mit Enten

Die alte Armenhäuslerin – dieselbe wie auf 19, 27– mit lederbrauner Bluse, schwarzem, braun getüpfeltem Rock, schwarzem Hut und weißer Haube, schreitet auf einen Krückstock gestützt nach rechts. Rechts ein Tümpel mit weißen Enten. Am Ufer Entenhäuschen, Baumstämme, vier Kinder. Hinter dem Tümpel grüne Wiese.

42 : 62 L.

Fischerhude, Otto Modersohn

98. Kopf einer alten Bäuerin, 1904

Das braunrote Gesicht steht halb nach links gewendet vor blaugrünem Grund. Sie trägt ein dunkelgraues Kleid und eine weiße Bandschleife unter dem Kinn. Die Dargestellte ist die gleiche wie auf Nr. 38. Bezeichnet unten links: P. M. B.

42 : 39 L. – Abb.

Stoermer 74.

Elberfeld, Geheimrat Freiherr von der Heydt (Heise, Katal. Nr. 165)

99. Brustbild eines alten Bauern

Der bartlose Kopf eines grauhaarigen Sechzigers ist wenig nach links herabgeneigt. Er trägt über grauem Wams Hosenträger. Bräunlichgrauer Grund.

42 : 36 L. – Abb.

Worpswede, B. Hoetger

100. Brustbild eines etwa zehnjährigen, rotblonden Mädchens, um 1903

Die Dargestellte ist halb nach links gewendet. Sie trägt ein braunes Kleid und schwarzen Hut. Die linke Hand ist zum Hals erhoben. Der Hintergrund ist unten hellblau, oben grün.

42 : 32 L.

Hannover, Herrn. Bahlsens Erben

101. *Brustbild einer Bauernfrau im roten Kleid,* 1903

Die Dargestellte, das Modell des Aktes Nr. 20, ist halb nach rechts gewendet .Hellgrüner Hintergrund. Datiert links: 1903, rechts bezeichnet: P. M. B.

41 : 38 L. – Abb.

Stoermer 51.

Worpswede, Heinrich Vogeler

102. *Mädchen mit Katze, Halbfigur, Studie*

Rotes Gesicht, hinten Baumstämme.

41 : 36 P.

Hannover, Kestner-Museum

102a. *Kinderkopf vor einem Fenster*

Beschatteter blondhaariger Kinderkopf im Profil nach rechts blickend mit blauer Mütze und grünem Kleide. Hintergrund Schneelandschaft, vom Fensterkreuz überschnitten, rechts roter Vorhang. Auf der Fensterbank kleine Vase mit gelben Blumen.

41 : 36 P.

Fischerhude, Otto Modersohn

103. *Mädchenbildnis,* 1905

Ein etwa achtjähriges Kind erscheint von vorn gesehen im Brustbild vor einer roten Stuhllehne. Die gespreizte rechte Hand am Halsausschnitt. Es trägt ein rotgrau gewürfeltes Kleid.

41 : 33 L. – Abb.

Stoermer 68.

Elberfeld, Geheimrat Freiherr von der Heydt (Heise, Katal. Nr. 174)

103a. *Mädchen (Elsbeth) mit Ziegen*

Ein etwa achtjähriges Mädchen in blauem Kleid mit rosa Schürze sitzt an einer Böschung. Neben ihr auf einem Pfahl ein Strohhut. Links hinter ihr eine schwarzweiße Ziege, rechts ein weißes Ziegenlamm. Blaugrauer Himmel.

40 : 55 P.

Bremen, James Heye

104. *Mädchenkopf vor einem Fenster*

Der Kopf eines etwa fünfzehnjährigen Mädchens erscheint ein wenig nach rechts geneigt vor einem Fensterkreuz. Links hinter ihm auf der Fensterbank ein gläserner Leuchter, rechts ein gewundenes Stengelglas mit Weidenkätzchen und Blümchen. Durch das Fenster Blick in den Garten.

40 : 50 Schiefer. – Abb.

Bremen, Dr. Becker-Glauch

105. *Kopf einer alten Frau in schwarzem Kopftuch*

Das blasse Antlitz mit rot umränderten Augen ist von vorn gesehen. Bläulichgrauer Hintergrund.

40 : 39 P.

Berlin-Lichterfelde, Frau Professor Weinberg

106. *Bildnis von Herma Becker, der Schwester der Künstlerin*

Die Dargestellte trägt ein weißes Kleid und einen mit einem Marienblümchenkranz geschmückten Hut. Blauer Hintergrund. Bezeichnet unten links: P. M. B.

40 : 35 P.

Fischerhude, Otto Modersohn

106a. *Mädchenakt mit Hut*

Das Mädchen, mit einem braunem Hut, steht von vorn gesehen, in jeder Hand eine Frucht. Bezeichnet unten rechts: P. M. B.

40 : 20.

Lübeck, Museum zu St. Annen

107. *Otto Modersohn schlafend*, 1907

Der Kopf mit Brille erscheint im Linksprofil. Weißes Hemd, beide Hände auf weißen Kissen. Bezeichnet unten links: P. M. B.

38 : 45 L.

Stoermer 34.

Fischerhude, Otto Modersohn

108. *Junges Mädchen im grünen Filzhut*

Der Kopf im Rechtsprofil. Hinten rechts eine blumige Wiese.

39 : 49 P.

Fischerhude, Otto Modersohn

109. Siehe 85 a.

110. *Kind mit einer weißen Katze in den Armen*, 1904

Es steht halb nach links gewendet vor hellen Birkenstämmen. Hinten grüne Wiese mit angedeuteter Waldgrenze. Datiert unten links: 04.

39 : 42 P.

keine Angabe

110a. *Pariser Fruchthändlerin*

Auf der Straße sitzt hinter zwei Tischen mit Orangen und anderen Früchten links eine alte Frau in schwarzem Kleide mit schwarzem Kopftuch. Passanten, rechts Trambahn. Im Hintergrunde links der untere Teil des Eiffelturms.

38 : 46 P.

Bremen, James Heye

111. *Mädchen mit Strohhut*, 1905

»Dunkler Kopf gegen hellen Himmel, auf braune Hände gestützt.«

38 : 40.

Stoermer 15.

keine Angabe

112. *Mädchenkopf mit roter Haube*, 1904

»Herbstwald mit blauem Himmel, Birken, rote Haube, graublaues Tuch.«

38 : 35.

Stoermer 22.

Berlin-Ramholz, Staatssekretär v. Kühlmann

113. *Bauer mit aufgestütztem Kopf*

Brustbild eines bartlosen Bauern, halb nach links gewendet, der den Kopf auf die rechte Hand stützt. Gelblichgrauer Grund.

37 : 43 P.

Worpswede, B. Hoetger

113a. *Mädchenkopf von vorn gesehen*

Das Mädchen trägt ein rotes Kleid. Neben ihr ein Birkenstamm.

36 : 57 P.

Hamburg-Hochkamp, Dr. Rauert

113b. *Mädchenkopf von vorn gesehen*

Die blonden Haare sind an den Schläfen mit blauen Bändchen zusammengebunden. Lila Kranz. Der Mund leicht geöffnet. Hinten Andeutung einer Wiesenlandschaft.

35 : 44 P.

Frankfurt a. M., Städtische Galerie

113c. *Kopf einer alten Bäuerin*

Von vorn gesehen, etwas nach links gewendet. Dunkelblaugraues Kleid, dunkelgrauer Hut. Unter dem Hut schmale Streifen eines weißen Kopftuches, das am Kinn zusammengebunden ist. Heller Himmel.

35 : 38.

Berlin, Frau Wanda Frischen

114. *Mädchenkopf, von vorn gesehen*, 1901

Das hellblonde Mädchen trägt einen graublauen Kittel. Links ein schlanker Baum. Datiert unten links: VII 1901.

35 : 32 P.

Worpswede, B. Hoetger

115. *Kopf eines dunkeläugigen Mädchens*

Die etwa zwölfjährige Dargestellte ist halb nach links gewendet. Sie trägt im schwarzen Haar eine rosa Schleife. Rosa Kleid, weißer Hintergrund.

34 : 30 P.

Worpswede, B. Hoetger

116. *Rainer Maria Rilke*

Der Kopf ist etwas nach rechts gewendet. Hellgrauer Hintergrund. Bezeichnet unten links: P. M. B.

34 : 26 P. – Abb.

Worpswede, B. Hoetger

117. *Dorfmusikant,* 1901

Der alte Mann, der die Bratsche spielt, sitzt rechts, links neben ihm am Boden kniet ein kleines Mädchen. Hinter ihm eine Kuh. Hintergrund Heidelandschaft mit Birkenstämmen. Bezeichnet unten links: P. M. B.

36 : 34 P.

Stoermer 12.

Elberfeld, Geheimrat Freiherr von der Heydt (Heise, Katal. Nr. 181)

117a. *Hand mit Blumenstrauß*

Gegen blauen Himmel mit weißen Wolkenschleiern hält eine linke Hand einen Strauß mit weißen und gelben Feldblumen. Der Arm ist bis zum ersten Drittel sichtbar.

35 : 31 P.

Fischerhude, Otto Modersohn

118. *Kopf einer Bäuerin mit grünweiß kariertem Kleid im Rechtsprofil*

34 : 26 P. – Abb.

Bremen, Kunsthalle

119. *Alte Frau im schwarzen Strohhut*

Der Kopf ist etwas nach rechts geneigt. Sie erhebt die Rechte mit einem weißen, rot geränderten Tuch an die Wange. Hintergrund links grau, rechts grünlichblau.

33 : 40 P.

Hannover, Stadtdirektor Tramm

120. *Alte Frau mit rotem, weiß punktiertem Kopftuch,* 1905

Sie stützt den Kopf in die rechte Hand.

33 : 33 P. – Abb.

Stoermer 76.

Worpswede, Heinrich Vogeler

121. *Kopf eines blonden Mädchens*

Die Dargestellte erscheint von vorn gesehen im schwarzen Kleid mit Zöpfen. Graues Kleid. Bezeichnet unten links: P. M. B.

33 : 28 P.

Worpswede, B. Hoetger

122. *Säugling auf rot gestreiftem Kissen,* 1903

Das Kind liegt nach rechts auf dem Rücken im Bette. Beide Hände ruhen neben dem Körper. Datiert unten links: 03.

32 : 40 P.

Stoermer 55.

Elberfeld, Geheimrat Freiherr von der Heydt (Heise, Katal. Nr. 172)

123. *Kopf eines blonden Mädchens im Strohhut*

Die Dargestellte ist halb nach links gewendet Auf blondem Haar trägt sie einen schwarzen Strohhut mit Blümchen. Die Augen blicken den Beschauer an. Hinten ein weidender Schimmel.

27 : 33 L. – Abb.

Bremen, Dr. Franz Boner

124. *Kopf eines italienischen Kindes*

Die Dargestellte ist halb nach links gewendet. Lilagrauer Grund.

27 : 29 P.

Worpswede, B. Hoetger

125. *Kopf eines etwa sechsjährigen Mädchens*

Das blonde, blauäugige Köpfchen ist halb nach rechts gewendet. Rötlicher Grund.

26 : 25 P.

Worpswede, B. Hoetger

125a. *Elsbeth*

Mädchenkopf von vorn. Das gescheitelte blonde Haar ist an den Schläfen mit grünen Bändern und weißen Schleifen zusammengenommen. Blaues Kleid.

26 : 24 P.

Fischerhude. Otto Modersohn

126. *Mädchenkopf*, 1904

Graulila Gesicht, braunes Kleid, blaßgrauer Grund.

26 : 21.

Stoermer 41.

Hannover, Dipl.-Ing. Erich Fiedeler

127. *Bildnis von Henry Becker.* (Früh)

Der Kopf des bartlosen jungen Mannes, des Bruders der Künstlerin, ist von vorn gesehen. Er trägt eine gestrickte, blaue Jacke; hinten Wasser, rechts ein Segelschiff. Bezeichnet unten links: H. B.

26 : 20 Eichenholz

Bremen, Dr. K. Becker-Glauch

128. *Kinderkopf, Fragment*

Der rötlichblonde Säugling liegt halb nach links. Rot gestreiftes Kleid, weiße, rot getüpfelte Schürze. Fragment eines Bildes einer

Mutter mit ihrem Kinde. Die Hand der Mutter ist an der linken Schulter des Kindes noch sichtbar. Zeichnung des Kindes zu diesem Bilde in der Bremer Kunsthalle.

25 : 28 L.

Fischerhude, Frau Clara Rilke

128a. *Kinderkopf (Elsbeth)*

Das blonde Kind trägt einen Kranz blauer Blumen.

Annähernd 25 : 25 P.

Cassel-Wilhelmshöhe, Landgerichtspräsident Dr. Modersohn

129. *Mädchenkopf*

Der Kopf eines blonden, etwa fünfjährigen Mädchens, ist halb nach rechts gewendet. Rötliches Gesicht. Brauner Gesamtton.

25 : 22 P.

keine Angabe

130. *Mädchenkopf*

Der Kopf eines etwa sechsjährigen Mädchens mit glatt gescheiteltem Haar, von vorn gesehen mit gesenkten Augen. Braungelb gestreiftes Kleid. Grauer Grund.

25 : 20 P. – Abb.

Cicerone VI (1914), 8.

Hannover, Stadtdirektor Tramm

131. *Kinderkopf*

Das blonde, grauäugige Köpfchen ist halb nach links gewendet. Schwarzgraues Kleid, grauer Grund.

25 : 20 L.

Worpswede, B. Hoetger

132. *Bauernkopf*

Der Dargestellte mit kurzem Kinnbart, die Mütze auf dem Kopfe, blickt geradeaus den Beschauer an.

25 : 20 P.

133. *Kopf einer Bauernfrau*

Das scharfblickende Gesicht ist halb nach rechts gewendet. Dunkelblaues Kleid, Grund oben grün.

25 : 10 P.

134. *Mädchenkopf,* 1904

Der Kopf eines etwa achtjährigen blonden Mädchens ist von vorn gesehen. Die blauen Augen blicken etwas nach rechts. Graugestreiftes Kleid. Braunroter Hintergrund. Dasselbe Modell wie auf Nr. 31 und 177.

24 : 21 L.

Stoermer 73.

München, Dr. W. Wiegand

134a. *Mädchenkopf in Profil*

Der blauäugige, blondhaarige Kopf eines kleinen Bauernmädchens im Profil nach links auf blaugrauem Grunde. Um die Ohren ist ein rotgestreiftes, blaugetüpfeltes Tuch geschlungen.

24 : 21 L.

Fischerhude, Otto Modersohn

135. *Kopf einer alten Bäuerin*

Die Alte, die ein weißes Häubchen trägt, ist etwas nach links gewendet. Dunkelgraues, weiß-getüpfeltes Kleid. Blaugrauer Grund.

23 : 21 P.

Hannover, Stadtdirektor Tramm

136. *Die zusammengelegten Hände einer Frau, die eine Kamillenblume halten, Fragment*

Bezeichnet unten rechts: P. M. B.

22 : 27 L.

Hannover, Ausstellung 1917 (Nicht im Katalog)

137. *Säugling an einer vereinzelten Frauenbrust. Fragment*, 1905

22 : 27 P.

Stoermer 56.

Worpswede, B. Hoetger

138. *Kinderköpfchen*

22 : 17 P.

Frankfurt a. M., Frau Pauline Kowarzik

Bilder mit mehreren Figuren

139. *Komposition von drei weiblichen Gestalten*, 1907

Die Halbfiguren dreier halbnackter Frauen stehen nebeneinander, die mittlere, welche die Züge der Künstlerin trägt, ist bekränzt und hält in der Rechten eine Schale mit zwei Früchten und in der Linken eine Frucht. Die Gestalt links hält in der rechten Hand eine Frucht, die Gestalt rechts in der Linken eine Tulpe. Bezeichnet unten links: P. M. B.

110 : 74 P. – Abb.

Stoermer 45, Reproduktion im Cicerone VI (1914), 15.

Elberfeld, Geheimrat Freiherr von der Heydt (Heise, Katal. Nr. 170)

140. *Mutter und Kind*, 1906

Die nackte Mutter sitzt halb nach links gewendet, eine Zitrone in der Linken haltend, auf weißem Tuch. Rechts hinter ihr ein rötlich-brauner Vorhang. Das nackte Kind, das eine Halskette trägt, hält eine Apfelsine in den Händen. Bräunliche Hautfarbe. Hintergrund dunkelbraun, unten lilaweiß. Bezeichnet unten links: P. M. B. 06.

105 : 75 P. – Abb.

Stoermer 35.

Elberfeld, Geheimrat Freiherr von derHeydt (Heise, Katal. Nr. 171)

141. *Mutter und Kind*, 1906–07

Die nackte Mutter kniet halb nach links gewendet, den Säugling in den Armen haltend, auf einer weißen Scheibe. Um sie liegen am

Boden einzelne Zitronen. Blaugrüner Himmel. Hinten dunkelgrüne Blätterwand. Tiefbeschattetes Gesicht. Lila Fleischtöne. Unvollendet.

105 : 72 L. – Abb.

Lübeck, Dr. Carl Georg Heise

142. *Zwei Kinderakte*

Ein Mädchen kniet, von vorn gesehen, eine Apfelsine in den Händen; rechts neben ihm steht ein anderes Mädchen, eine Zitrone in der Linken haltend. Rechts und links hinten rote Mohnblumen auf dunklem, unten grünem, oben blauem Grund. Der Akt links ist gelb, der rechts fleischfarben.

103 : 53 L.

Worpswede, B. Hoetger

143. *Zwei Kinderakte*

Studie zu dem vorigen Bilde mit Varianten.

95 : 51

Worpswede, Ludwig Bäumer

144. *Liegende Mutter und Kind,* 1907

Die nackte Mutter liegt nach links gewendet auf einem weißen Laken, einen Säugling an der Brust haltend. Blaugrauer Hintergrund. Zeichnung zu diesem Bilde in der Bremer Kunsthalle. Bezeichnet unten links: P. M. B.

83 : 125 L. – Abb.

Stoermer 36.

Fischerhude, Otto Modersohn

145. *Mutter und Kind (Studie oder Variante zum vorigen Bilde),* 1907

Das Gesicht der Frau ist beschattet. Um ihre Unterschenkel ist ein blaues Tuch gewunden. Hintergrund lilagrau. (Auf der Rückseite Variante derselben Komposition.)

77 ; 122 P.

Fischerhude, Otto Modersohn

146. *Zwei Kinder*

Links neben einem Birkenstamm steht ein rothaariges Mädchen in grauem, getüpfeltem Kleid mit zusammengelegten Händen. Rechts ein kleiner, blonder Knabe in langem, rotem Hängekleid, die Hände zur Brust erhoben. Zwischen ihnen ein Birkenstamm. Blaugrauer Himmel.

80 : 68 L.

Fischerhude, Otto Modersohn

147. *Mutter und Kind, Halbfiguren,* 1906–1907

Die von vorn gesehene nackte Frau steht, das Kind im linken Arm haltend, aufrecht, eine Zitrone in der Hand; das Kind hält eine Apfelsine.

80 : 59 L.

Fischerhude, Otto Modersohn

148. *Zwei nackte, sitzende Kinder*

Zwischen ihnen steht ein Rhododendrontopf mit dunkelroten Blüten. Hinten grüngelbes Laubwerk. Gelblichgrauer Dielenfußboden.

75 : 100.

Worpswede, Ludwig Bäumer

149. *Mutter und Kind, Halbakt,* 1906

Das Gesicht der Frau im verlorenen Profil nach links gewendet. Sie trägt eine gelbe Kette und Blumen im Haar. Bezeichnet unten links: P. M. B.

74 : 52 P.

Stoermer 49.

Elberfeld, Geheimrat Freiherr von der Heydt (Heise, Katal. Nr. 167)

149a. *Zwei Kinder mit Glaskugel*

An einer Glaskugel, auf grünem Pfahl, in der sich ein Bauernhaus spiegelt, lehnt ein Bauernjunge mit braunem Zeug. Hinter seinem Rücken ein blondhaariges blaugekleidetes Kind. In dem Bauerngarten verschiedene Blumen, namentlich rotblühende Nelken. An dem grünlich-rötlichen Himmel der aufgehende Mond.

74 : 51 P.

Fischerhude, Otto Modersohn

149b. *Großmutter und Kind*

Eine alte Bäuerin sitzt von vorn gesehen in grauschwarzem Kleid, mit blauer Schürze, schwarzer Haube und Kopftuch auf einem Stuhl und hält ein schreiendes, etwa einjähriges Kind in rotem Kleid mit weißen, rot getupften Ärmeln und weißem Latz auf ihrem Schöße. Hinter ihr zwei helle Stämme. Blauer Himmel. Bezeichnet links unten – schwer lesbar – 1902. Datiert rechts unten 02. Rückseite: Schimmel auf grüner Weide.

73 : 57 P.

Bremen, Frau Baurat Becker

149c. *Mutter und Kind*

Eine junge Bäuerin – dasselbe Modell wie auf 20 und 101 – in olivbrauner Jacke sitzt halb nach links. Sie hält mit beiden Armen ein kleines blondes, schwarzgekleidetes Kind auf dem Schöße. Graubrauner Hintergrund.

73 : 55 P.

Fischerhude, Otto Modersohn

150. *Mädchen mit Säugling und Milchflasche*, 1905

Bezeichnet unten links: P. M. B.

71 : 88 P.

Stoermer 5.

Elberfeld, Geheimrat Freiherr von der Heydt (Heise, Katal. Nr. 186)

151. *Stillende Mutter*, 1903

Die Mutter trägt eine schwarze Jacke, darunter ein rotes Wams und einen braunrot gestreiften Rock. Sie sitzt von vorn gesehen, das Kind an der linken Brust haltend. Dunkler Grund. Das Kind trägt eine rotweiß gestreifte Jacke. Bezeichnet unten: P. M. B.

70 : 58 L. – Abb.

Stoermer 47, Reproduktion im Cicerone VI (1914), S. 7.

Hannover, H. von Garvens (Zur Zeit als Leihgabe im Kestner-Museum)

152. *Bäuerin mit Kind*

Brustbild einer Bäuerin, die nach links gewendet ihren schlafenden Säugling im Arme hält. Hinten Wiesen von Wald umsäumt. Grauer Wolkenhimmel. Bezeichnet unten rechts: P. M. B.

69 : 58 L. – Abb.

Frankfurt a. M., Frau Pauline Kowarzik

152a. *Kinder unter Birken.* 1904

Zwischen zwei Birkenstämmen sitzt nach links ein etwa zwölfjähriges Mädchen mit rotbraunem Haar in rotem, schwarzgestreiftem Rock, graublauem Hemd, roten Oberärmeln. Die Unterarme sind nackt. Links vor ihr sitzt ein kleines flachsblondes Kind in rosa Kleid, daß einen Stecken in der Rechten hält. Im Hintergrunde dunkle Bäume, schmaler Streifen weißlich-blauen Himmels. Datiert unten rechts: 04.

69 : 52 P.

Bremen, Frau Baurat Becker

153. *Vier Kinder im Birkenwalde*

Die Kinder tragen rote Kleider. Ein Mädchen lehnt rechts an einem Birkenstamm, die drei andern sitzen am Boden.

67 : 55 P.

Charlottenburg, Frau Dr. Hirsch-Lotz

154. *Alte Frau mit Kind, Brustbild*

Die Alte, die einen schwarzen Hut trägt, sitzt halb nach rechts gewendet, das Kind im roten Kleid auf dem Schoß haltend. Hinten Birkenstämme.

67 : 39 P.

Worpswede, B. Hoetger

155. *Abendliches Fest in Worpswede,* 1903

Auf einem Wege Gruppen von Menschen. Links sitzen nebeneinander vier weißgekleidete Frauen, vorn inmitten des Weges zwei schwarzgekleidete Frauen. Unten rechts: 1903.

58 : 69 P.

Fischerhude, Otto Modersohn

156. *Zwei Mädchen, Halbfiguren*

Zwei etwa sechsjährige Mädchen stehen, sich umfassend, nach rechts gewendet, nebeneinander. Das vorn stehende, im weißen Gewand, trägt eine violette Schleife im dunkelblonden Haar. Die hinten stehende, dunkeläugige, trägt im schwarzen Haar eine rote Schleife und ist mit blauem Gewand bekleidet. Hintergrund silbergrau.

58 : 37 P.

Mannheim, Dr. H. Kurt Danziger

156a. *Schützenfest* 1904

Vorn links ein beleuchtetes Karussel. Rechts ein Pärchen – sie in Rosa, er in Schwarz – und weißgekleidete Mädchen. Im Hintergrunde Buden, Fahnen, Bäume. Dämmerung, blauer Himmel. Datiert rechts unten: 04.

56 : 73 P.

Fischerhude, Otto Modersohn

157. *Zug klagender Frauen*

Der Zug bewegt sich nach links, die Frauen halten eine Girlande in den Händen. Hinten rechts die Kreuze von Golgatha.

55 : 99 P.

Bremen, Frau Baurat Becker

157a. *Mädchen mit Kind an einer Birke*

In tiefgrüner Landschaft unter blaugrauem Himmel sitzt ein blondes Mädchen von vorn gesehen mit dunkelrotem Kleide, die Linke auf den Boden gestützt, auf dem Schoße ein lichtblondes kleines Kind im rosa Kleidchen an grausilbernem Birkenstamm.

55 : 40 P.

Fischerhude, Otto Modersohn

158. *Mädchen und Knabe*

Das blonde Mädchen im weißen Kleid steht vorn links. Der Knabe umfaßt ihre Schultern mit der Rechten. Bläulichgrüner Grund.

55 : 37 P.

Worpswede, B. Hoetger

159. *Schützenfest in Worpswede, 1904*

Dunkle Menschengruppen stehen gegen weiß- und rötlich beleuchtete Buden. Bezeichnet unten links: P. M. B. 04.

54 : 74 P.

Stoermer 3.

Elberfeld, Geheimrat Freiherr von der Heydt (Heise, Katal. Nr. 170)

160. *Mädchen und Knabe*

Vorn ein Mädchen im roten Kleide Hinter ihm ein Knabe im blauen Kittel. Heller Himmel, einzelne Bäume im Hintergrund. Bezeichnet unten rechts: P. M. B.

54 : 34 P.

Fischerhude, Otto Modersohn

160a. *Jahrmarkt am Weyerberg*

Vom in der Mitte ein weißes Kamel, dahinter ein dunkles, auf dem ein Kind reitet. – In der Mitte hinten tanzt auf einem niederen Holzschemel ein Mädchen in rotem Kleide mit einem Tamburin in der Hand. Links ein Tanzbär. Links hinten vor einer Anhöhe Zuschauer. Rechts ein mit einem Eselskopf Maskierter. Silbrige Luft.

53 : 72

Bremen, Dr. Kurt Specht

161. *Zwei kniende Mädchenakte, 1906–1907*

Die beiden Mädchen von etwa sechs Jahren knien nach rechts gewendet nebeneinander auf einer braunen Scheibe am Boden. Das rechte trägt einen schwarzen Hut. Das linke um den Hals eine blaue

Kette und in der Hand ein Gefäß mit dunklen Früchten. Gelber Fleischton. Hinten blaue Wand. Das Kind rechts hält ein paar Früchte in der Linken.

53 : 70 P.

Stoermer 65.

Hannover, Herrn. Bahlsens Erben

162. *Mädchen mit einem Knaben, Brustbilder,* 1905

Ein Mädchen in schwarzem, mit Blumen garniertem Strohhut hält einen kleinen Knaben im roten Kleid im Arm. Hinter ihm ein Birkenstamm.

Bezeichnet unten links: P. M. B.

53 : 38 P.

Stoermer 17.

Fischerhude, Otto Modersohn

163. *Abendmusik,* 1902

Vier musizierende Kinder in Halbfiguren. Rosiger Himmel. Die Figuren in dunklen, rötlichbraunen Tönen. Datiert: 1902.

51 : 73 P.

Hannover, H. von Garvens

164. *Mutter und Kind,* 1902

Die Mutter sitzt halb nach links gewendet auf einer blauen Bank. Hintergrund grün. Unten rechts datiert: 02.

50 : 75 P.

Worpswede, B. Hoetger

165. *Kinderwagen mit rosa Kissen,* 1904

Ein blondes Mädchen schiebt den Wagen, darinnen ein Säugling auf rotem Kissen ruht. Bezeichnet unten rechts: P. M. B.

50 : 72 P.

Stoermer 18.

Fischerhude, Otto Modersohn

166. *Kinder im Heidewald,* 1907

Zwischen Baumstämmen eine Gruppe von bunt gekleideten Kindern mit weißer Ziege. Hinten ein Reiter gegen grünlichen Himmel. Bezeichnet unten rechts: P. M. B.

48 : 70 L.

Stoermer 48.

Elberfeld, Geheimrat Freiherr von der Heydt (Heise, Katal. Nr. 173)

167. *Die Geschwister, Halbfiguren*

Ein etwa zehnjähriges, blondes Mädchen sitzt mit einem Säugling, dem es die Flasche reicht, auf einem Stuhl. Sie trägt ein schwarzes Kleid, der Säugling ein rosa Gewand, darüber einen grauen Kittel und rotes, weiß punktiertes Lätzchen. Auf der Rückseite Fragment von drei Figuren.

48 : 48 P.

Fischerhude, Otto Modersohn

168. *Drei Kinder an einer Sandgrube sitzend*

Hinten geht ein Mann vorbei.

47 : 75 P.

Fischerhude, Frau Clara Rilke

169. *Zwei Kinder, Brustbilder*

Ein hellblondes Mädchen von vorn gesehen und an dieses gelehnt ein kleiner Knabe, der den Kopf nach rechts herabneigt. Beide tragen rotweiß gestreifte Kleider. Braungrauer, dunkler Grand.

47 : 36 P.

Fischerhude, Otto Modersohn

170. *Zwei Kinder im Walde,* 1904

In einem Birkenwald sitzt nach links ein blondes Mädchen am Boden, rechts von ihm ein Knabe in Hemdärmeln mit Mütze. Dumpfer, braungrauer Ton. Datiert unten rechts: 04.

46 : 56 P.

Worpswede, B. Hoetger

171. *Frau mit Kind und Hund*

Eine Bauersfrau sitzt mit ihrem Kind auf dem Schoße am Boden, halb nach links gewendet. Neben ihr ein gelber Terrier. Hinter ihr ein Haus hinter schlanken Birkenstämmen.

46 : 48 P.

Worpswede, B. Hoetger

172. *Liegendes Mädchen mit Kind*, 1904

Das Mädchen liegt nach rechts gewendet, das Kind sitzt auf seinem Schoß. Bezeichnet unten rechts: P. M. B.

45 : 60 P.

Stoermer 26.

Fischerhude, Otto Modersohn

173. *Kinder in der Abendsonne*, 1905

Vier kleine Bauernkinder in roten Kleidern sitzen auf brauner Erde. Blaue Luft, Birken. Unten links bezeichnet: P. M. B.

43 : 60 P.

Stoermer 25.

keine Angabe

174. *Kinderwiege*, 1904

»Drei Kinder. Gelber Raps im Hintergrund.«

43 : 62.

Stoermer 8.

keine Angabe

175. *Mutter und Kind*

Akte auf hellem, getupftem Grund.

42 : 30.

Hamm, Dr. Löhnberg

176. *Kinder im Freien*, 1905

In einem rötlichen Kinderbett liegen zwei Kinder, ein drittes sitzt nach links gewendet davor am Boden. Bezeichnet unten rechts: P. M. B. 05.

42 : 62 P.

Elberfeld, Geheimrat Freiherr von der Heydt (Heise, Katal. Nr. 189)

177. *Zwei Kinder,* 1903

Ein etwa achtjähriges Mädchen im grau gestreiften Kleid, das Modell von Nr. 31 und 134, hält mit der Linken einen kleinen Knaben an sich. Hinten eine braune Tür.

38 : 50 P.

Worpswede, Karl E. Uphoff

178. *Zwei Kinder*

Ein kleines Mädchen im grau gestreiften Kleid schaut nach rechts. Es hält vor sich, dem Beschauer entgegen, einen hemdärmeligen blonden Knaben.

38 : 40 P.

Worpswede, B. Hoetger

179. *Sonnige Kinder*

Brustbild eines etwa zehnjährigen, blonden Mädchens mit Strohhut. Davor der Kopf eines blonden, kleinen Kindes im Rechtsprofil. Das Mädchen trägt ein grau kariertes Kleid, das kleine Kind ein rotes Kleid mit weißem Latz. Hellgrauer Grund.

38 : 33 P.

Hannover, H. von Garvens

180. *Schützenfest*

Karussell. Rote Fahnen. Abendlicher Himmel.

36 : 49 Holz.

Hannover, H. von Garvens

181. *Kinderwagen,* 1903

Kinder mit Ziege und Kinderwagen in dunkelbrauner Landschaft. Links an einer Birke eine alte Frau. Grünblaue Luft.

34 : 49 P.

Stoermer 42.

Elberfeld, Geheimrat Freitierr von der Heydt (Heise, Katal, Nr. 188)

182. *Heilige Nacht*, 1907

Maria mit dem Kinde nach links gewendet. Über ihr ein großer Stern am blauen Himmel. Von rechts drängen die Hirten heran.

25 : 32 P.

Fischerhude, Otto Modersohn

183. *Barmherziger Samariter*, 1907

Vorn liegt unter einem Baum der nackte Wanderer auf einem roten Tuch, das über seine Lenden gebreitet ist. Der Samariter in grünem Gewande beugt sich über ihn. Hinten rechts ein Gebäude mit Tor. Links zwei Wanderer. Bezeichnet: P. M. B.

32 : 37 Holz. – Abb.

Stoermer 9.

Hannover, H. von Garvens

Stilleben

184. *Stilleben mit Sonnenblumen*, 1907

In einem irdenen Henkelkrug ein Strauß von Stockrosen, Georginen und einer Sonnenblume. Hinten rötlichgelb geblümter Vorhang.

110 : 64. – Abb.

Stoermer 61.

Bremen, Kunsthalle

185. *Stilleben mit Porzellanhund* 1907

Auf rundem, mit gelblichweißer Decke verhülltem Tisch rechts ein gescheckter, sitzender Porzellanhund. Links ein Geraniumtopf, in der Mitte in becherförmiger Vase grüne Früchte. Daneben Zitronen und Apfelsinen. Hintergrund blaßgelb.

88 : 88 L. – Abb.

Stoermer 66.

Worpswede, B. Hoetger

186. *Stilleben mit gelbem Napf,* 1906

Auf weißer Decke liegen ein Kürbis, Tomaten und Äpfel. Links ein gelber Napf, rechts ein tönerner Krug mit zwei Henkeln. Die Wand in der Mitte hinten getüpfelt.

88 : 69 L.

Stoermer 75. Reproduktion Cicerone VI (1914), S. 11.

Worpswede, B. Hoetger

187. *Stilleben mit Kürbis,* um 1905

Auf schwarzem Tuch ein großer, blaugrüner Delfter Topf, rechts davon ein angeschnittener Kürbis. Links ein Rettich in einer Zinnschale. Hinten graugelblich gestreifte Wand. Bezeichnet oben links: P. M. B.

75 : 95 L. – Abb.

Stoermer 46.

Elberfeld, Geheimrat Freiherr von der Heydt (Heise, Katal. Nr. 166)

187a. *Stilleben mit Jasmin*

Auf stumpfgrüner faltiger Decke vorn links ein bauchiger Henkelkrug mit dunkelblauem Blumenornament am Halse. Weiter hinten rechts ein niedriger brauner Henkeltopf. In beiden Gefäßen Jasminblütensträuße. Links brauner Hintergrund, rechts hellblauer Luftton.

75 : 57.

Dresden, Amtsgerichtspräsident Dr. Becker.

188. *Stilleben mit Kastanien,* um 1905

Auf einer braunen, aus Brettern zusammengefügten Tischplatte steht ein blauweißer Teller, rechts ein weißes Glasgefäß, ein Leuchter, vorn eine weiße Schüssel mit Kastanien, ein blauweiß gemaltes Töpfchen, rechts eine gelbe Schale mit Kastanien.

65 : 90 L.

Stoermer 59.

Elberfeld, Geheimrat Freiherr von der Heydt (Heise, Katal. Nr. 183)

189. *Stilleben mit Rhododendronbusch*

Auf einem mit weißer Decke verhüllten Tische in einem Blumentopf ein dunkelviolett blühender Rhododendronstock, der oben vom Rahmen überschnitten wird. Daneben links ein Zinnleuchter mit einem Kerzenstumpf.

70 : 86 P.

Elberfeld. Kaiser-Wilhelm-Museum

190. *Stilleben mit Glaslampe*

Nebeneinander stehen auf schwarzer Tischplatte ein Glasleuchter, eine Glasflasche und rechts eine weiße Glaslampe. Davor von links nach rechts: eine weiße Perlenkette, ein Likörglas und ein porzellanenes Schreibzeug mit Federhalter. Rötlichgrauer Grund. Die Farbenharmonie ist auf schwarzweiß gestimmt.

70 : 58 L.

Hannover, H. von Garvens

191. *Stilleben mit Kürbis,* 1905

Ein aufgeschnittener Kürbis auf weißrot gemusterter Kaffeedecke. Daneben Äpfel. Blauer Grund. Bezeichnet unten links: P. M. B.

69 : 90 P. – Abb.

Stoermer 40.

Hannover, Herrn. Bahlsens Erben

192. *Stilleben mit Kohl und Rüben*

Auf weißer Decke stehen links zwei Töpfe, rechts ein Teller mit einem Messer. Hinten ein grüner Kohlkopf und eine Rübe. Vereinzelte Muschelschalen. Dunkler Hintergrund.

67 : 90 P.

Hannover, Herrn. Bahlsens Erben

193. *Stilleben mit Äpfeln und Bananen*

Auf einem Tische, der links und hinten mit weißem Tischtuch, rechts mit einer lilafarbenen, mit gelben Sternen gemusterten Decke belegt ist, liegen Äpfel und Bananen. Links ein grünes Henkeltöpfchen, rechts ein Henkelkorb mit Äpfeln. Blauer Hintergrund. Bezeichnet unten rechts: P. M. B.

67 : 84 L. – Abb.

Bremen, Kunsthalle

194. *Stilleben mit Ingwertopf*

Auf einem Tisch, der links mit weißer und rechts mit einer dunkelblauen Decke belegt ist, steht in der Mitte ein Ingwertöpfchen, links ein großes, dunkelrotes, leeres Blumenglas, rechts ein bemalter irdener Krug mit zinnernem Deckel. Davor rechts drei Äpfel. Bezeichnet oben links: P. M. B.

64 : 74 P.

Hannover, H. von Garvens

195. *Stilleben mit Birnen*, 1907

Auf weiß verhülltem Tisch steht ein irdener Napf mit gelben und grünen Birnen. Daneben auf dem Tisch zwei rötliche Birnen. Links ein blaues Glas, rechts ein bläulichgrüner, irdener Henkelkrug. Hinten links ein roter Vorhang, rechts blaue Wand. Angeblich letztes Bild der Künstlerin.

63 : 81 L. – Abb.

Worpswede, B. Hoetger

196. *Stilleben mit Apfelteller*, 1903

Goldige Äpfel auf blauweißem Teller. Dahinter ein Glasleuchter und eine Glasvase, aus der eine Perlenkette heraushängt. Der Farbenakkord: blau, silbergrau, rötlichgelb. Datiert unten links: 03.

63 : 73 Holz. – Abb.

Reproduktion Cicerone VI (1914), S. 9.

Hannover, H. von Garvens

197. *Stilleben mit Milchsatte*, 1905

Auf einem mit weißer Damastdecke verhüllten Tisch rechts ein blauweißer Teller mit geronnener Milch. Links ein angeschnittenes Brot, ein Ei in Becher und ein Käse. Auf der Tischdecke sind gelbe Blümchen verstreut. Datiert unten rechts: 05.

61 : 79 P.

Hannover, H. von Garvens

198. *Stilleben mit Gemüse und irdenem Geschirr*, um 1903

Auf weißem Tischtuch gelber, irdener Henkelkrug, davor eine grüne Schale. Links Blumenkohl, Knoblauchstange, rechts Artischocke und Mohrrübe. Grauer Hintergrund.

59 : 71 L.

Reproduktion Cicerone VI (1914), S. 11.

Hannover, Kestner-Museum

199. *Stilleben mit Tulpen*

In einem blauweiß getüpfelten Henkelkrug fünf gelbe, rote und weiße Tulpen. Weiße Serviette auf gelbrot gemusterter Decke.

58 : 39 P.

Hannover, Herrn. Bahlsens Erben

200. *Stilleben mit Rosenstrauß*, 1907

Auf einem mit rotbrauner Decke verhüllten Tische steht in einem grünen Tonkrug ein Strauß von weißen, gelben und rosa Rosen. Hinten gelblichgraue Tapetenwand mit zwei Bildchen. Angeblich letztes Bild der Künstlerin.

56 : 43 P.

Basel, Frau M. Rohland

201. *Stilleben mit Astern*, um 1902

Links ein hellbrauner Tonkrug, rechts ein niedriger Topf mit roten und weißen Astern, davor drei Zitronen.

55 : 52 L.

Hannover, H. von Garvens

202. *Stilleben mit Früchten und punktiertem Topf*

Auf weißem Tischtuch in der Mitte ein blauer, grau punktierter, innen grün glasierter Henkeltopf. Rechts davon in hellbrauner Tonschale eine Banane und eine Orange. Links auf einem mattgelben Teller Birnen, Äpfel, Zitronen und Walnüsse. Daneben auf dem Tischtuch ein kleiner, grüner Kürbis, Walnüsse, Banane, Apfelsinen. Hintergrund dunkelrot.

54 : 78 L.

Bremen, Frau Toni Schütte

203. *Stilleben mit Asternschale und Zitrone*

Auf weißer Tischdecke steht links ein gelber, zweihenkeliger Tonkrug, rechts daneben eine Tonschale mit Astern. Davor eine Apfelsine und zwei Zitronen. Hellgrauer Grund.

54 : 56 L. – Abb.

Worpswede, B. Hoetger

204. *Stilleben mit Rosen und einer blaugestreiftem Vase*, 1902

Auf gelber, geblümter Decke stehen ein paar weiße und eine rote Rose in einer weißen, blau gestreiften Vase. Davor eine Glasperlenkette in einer kupfernen Schale und eine grünlichgraue Halsrüsche mit roter Bandschleife. Links hinten geblümte Wand. Rechts blauer Hintergrund. Bezeichnet und datiert unten rechts: P. M. B. 1902.

52 : 74 P.

Berlin - Lichterfelde, Frau Professor Weinberg

205. *Stilleben mit Selterwasserflasche*

Auf einer schiefergrauen Tischplatte steht ein irdener Krug mit gelben und roten Astern, rechts daneben eine irdene Seltersflasche, ein tönernes Salzfaß, ein langes französisches Weißbrot, Apfelsinen und eine Zitrone. Der Hintergrund weißgrau.

52 : 49 P. – Abb.

Bremen, Kunsthalle

206. *Stilleben mit Robbia putto*, 1905

Nebeneinander von links nach rechts auf gelblichgrüner Tischdecke ein Likörglas, ein Glasleuchter sowie Milchtöpfchen und Kaffeetasse zwischen Äpfeln. Über der Tasse an der Wand eine verkleinerte Nachbildung eines der Wickelkinder Andrea della Robbias vom Florentiner Ospedale. Bläulichgrüne Wand. Bezeichnet unten links: P. M. B.

50 : 75 L. – Abb.

Stoermer 63.

Bremen. Dr. Becker-Glauch

207. *Stilleben mit Goldfischglas*, 1906

Rechts ein Goldfischglas mit drei roten Fischen. Links ein gelbgrauer, irdener Krug, aus dem eine rosa Blume hervorschaut. Daneben Zitronen und Apfelsinen auf weißem Tischtuch. Hinten weißgrauer Vorhang. Bezeichnet unten links: P. M. B.

51 : 75 L. – Abb.

Stoermer 29.

Elberfeld, Geheimrat Freiherr von der Heydt (Heise, Katal. Nr. 164)

208. *Stilleben mit Teegeschirr*, 1900

Auf weißem Tischtuch in der Mitte ein kupferner Wasserkessel auf Untersatz. Rechts zwei blauweiße Tassen, ein Teller, ein Glas. Hinten rechts dunkelgraublaue Wand mit mattgelbfarbenem Lilienmuster. Datiert: 1900.

50 : 58 L.

Hannover, Kestner-Museum

209. *Stilleben mit venezianischem Spiegel*, um 1905

Auf weißem Tischtuch links ein venezianischer Spiegel aus weißem und rosa Glas. Rechts ein Glasleuchter, vorn zwei rosa Rosen einer Glaskanne. Blaugrauer in Grund.

47 : 48 P.

Stoermer 62.

Bremen, Dr. Becker-Glauch

210. *Stilleben mit Früchten und französischem Weißbrot*

Auf weißem Tischtuch ein blaugeränderter Teller mit Äpfeln, Nüssen, einer Apfelsine und Zitrone. Vorn grüner Henkeltopf und ein langes französisches Weißbrot.

46 : 65 L. – Abb.

Hannover, Herrn. Bahlsens Erben

211. *Stilleben mit Georginenstrauß*

Auf einer braunen Tischplatte steht links ein dunkelbrauner, glasierter Henkeltopf mit einem Strauß roter und rosafarbener Georginen. Rechts ein gelber zweihenkeliger, irdener Krug, davor eine flache Schale, auf deren grünlichem Grund zwei Vögel gemalt sind. Sie steht halb auf einer scharlachroten Decke. Hintergrund rechts grünlichblau, links eine dunkle Wand.

46 : 55 L.

Berlin-Lichterfelde, Frau Professor Weinberg

212. *Stilleben mit Apfelsinen und Zitronen*

Auf weißem Tischtuch links ein blauer Topf, Apfelsinen, Zitronen und rechts ein kleiner brauner Topf mit einer rötlichen Blume.

45 : 54 L.

Hannover, H. von Garvens

213. *Stilleben mit Gebetbuch und Glaslampe*

Auf rotem Tuch steht eine Milchglaslampe. Links davor ein Glas mit weißen Blumen und einem Kiefernzweig. Rechts ein kleines Gebetbuch. Der Hintergrund mit schwärzlichen, grüngrauen und blauen Streifen gemustert. Bezeichnet unten links: P. M. B. – Unvollendet.

45 : 39 L.

Fischerhude, Otto Modersohn

214. *Stilleben mit Pfannkuchen*

Auf weißem Tischtuch liegt auf einem Teller ein Stück Pfannkuchen. Links davon ein kleiner Henkelkrug mit weißen Blättern auf rötlichbraunem Grund. Hinten rechts ein kupfernes Schälchen. Farbenakkord: Schwärzlichgrau, gelb, weiß.

43 : 63 L.

Hannover, H. von Garvens

215. *Stilleben mit weiß getüpfeltem Henkelkrug*

Links ein blauer, weiß getüpfelter Henkelkrug, daneben Zitronen, Apfelsinen und rechts ein kleiner irdener Henkeltopf mit rosa Blumen.

39 : 58 P.

Hannover, Herrn. Bahlsens Erben

216. *Stilleben mit Zuckerdose*

Auf schwarzer Tischplatte rechts eine weiße Zuckerdose, links ein blaues Glas mit halb erblühter Tulpenpflanze. Rechts auf blauer Wand ein Spiegel. Bezeichnet unten links: P. M. B.

39 : 53.

Hannover, Ausstellung 1917, Nr. 52

217. *Stilleben mit Melonenscheibe*

Auf weißem Tuch eine Melonenscheibe, davor vier Birnen und drei Tomaten. Getüpfelter Hintergrund.

39 : 47 P.

Hamburg, Privatbesitz

217a. *Stilleben mit Büchern*

Links ein weißer geblümter Henkeltopf, rechts liegen zwei Bücher, ein gelb broschierter französischer Roman und ein rot gebundenes Buch.

38 : 47 P.

Hamburg-Hochkamp, Dr. P. Rauert

218. *Stilleben mit Tonkrug und Zitronen*

Rechts steht auf blauer Decke ein tönerner Henkelkrug mit langem Ausguß. Links ein flacher Napf, in dem Zitronen und Apfelsinen liegen. Vorn zwei Zitronen und Zitronenscheibchen auf einem blauweiß gemusterten Teller.

38 : 47 L.

Bremen, Dr. Becker-Glauch

219. *Stilleben mit Glasleuchter*

Vorn ein gläserner Leuchter, hinten hellgrüne Wiese. Bezeichnet unten links: P. M. B.

38 : 34 P.

Worpswede, B. Hoetger

220. *Stilleben mit Tonkrug und Büchern*

Auf einer mit blauer Decke verhüllten Tischplatte links ein weißer Henkelkrug mit blauen Streifen, orangefarbenen und grünen Ornamenten bemalt. Davor zwei Garnrollen, grau und weiß; rechts zwei broschierte Bücher, hellgelb und rosa.

37 : 45 P.

Mannheim. Dr. H. Kurt Danziger

221. *Stilleben mit Blumengefäß und Birnen*

Links neben einem dunklen Tongefäß mit roten und rosafarbenen Astern vier gelbe Birnen und ein Messer auf weißem Tischtuch.

37 : 32 L.

Hannover, Stadtdirektor Tramm

221a. *Stilleben mit grüner Blumenvase*

Auf einem violett, gelblich und schwarz gemusterten Tischtuch steht eine grüne zylindrische Blumenvase mit einem Strauß weißer Blümchen in angedeutetem gelbem Herbstlaub. Hintergrund weißliches in Grau gebrochenes Blau.

37 :28

Berlin, Frau Wanda Frischen

222. *Stilleben mit Zuckerschale und Milchkännchen*

Auf einer Tischplatte liegen neben einem weißen, goldverzierten Milchkännchen zwei Apfelsinen und zwei Zitronen.

36 : 47 L.

Bremen, Frau Generalkonsul Michaelsen

223. *Stilleben mit Erdbeeren und Zitronen*

Auf weißem Teller Erdbeeren, eine Zitrone und ein Messer. Graugelbliches Tischtuch.

35 : 41 L.

Hannover, Herrn. Bahlsens Erben

224. *Stilleben mit Spiegeleiern in der Pfanne*

Auf weißem Tischtuch eine Pfanne mit Spiegeleiern. Farbenakkord: Schwarzgrau, gelb, weiß.

33 : 43. – Abb.

Worpswede, Heinrich Vogeler

225. *Stilleben mit Äpfeln und grünem Glas*

Auf tiefrotem Tuch liegen sehr farbige Äpfel in einem grünlichblauen, weiß gemusterten Bauernteller. Vorn ein dunkelgrünes Glas und ein Messer. Hintergrund bläulichgrün.

33 : 43. – Abb.

Stoermer 77.

Worpswede, Heinrich Vogeler

226. *Stilleben mit Mohnblumen*

In einer Glasvase vier Mohnblumen. Dunkelgrauer Grund.

32 : 23 P.

Worpswede, B. Hoetger

227. *Stilleben mit Astern und Tomaten*

Auf grünblauer Decke ein kleiner rosafarbener Topf mit einer blauen und einer rosa Aster. Daneben zwei Tomaten und eine Apfelsine, rechts eine Zitrone. Bräunlichgoldiger Hintergrund.

30 : 35 L.

Hannover, H. von Garvens

228. *Stilleben mit Bananen, Tomaten und Apfelsinen*, 1906

Auf weißem Tischtuch zwei Bananen, eine Tomate und fünf Apfelsinen, von denen zwei in einer offenen Pappschachtel liegen.

28 : 51 P.

Stoermer 70.

Hamm, Dr. Löhnberg

229. *Blumen vor Landschaft*

In einem kleinen, dunkelgrünen Henkeltopfe stehen ein paar rote und gelblichrote Blumen. Um das Töpfchen ist eine Halskette gelegt. Blauer Himmel.

28 : 25.

Worpswede, Heinrich Vogeler

230. *Stilleben mit Schellfisch*, 1906

Auf weißem Tischtuch hegt ein zur Hälfte sichtbarer Schellfisch, links davon zwei Zitronen und zwei Zwiebeln. Datiert: 06.

27 : 38 P.

Hannover, Kestner-Museum

231. *Stilleben mit blauem Kasten*, 1905

Auf gemusterter Decke steht ein blauer Kasten. Auf dem Kasten eine Apfelsine und ein Weinglas. Graublauer Hintergrund.

27 : 36 L.

Stoermer 64.

Fischerhude, Otto Modersohn

232. *Stilleben mit Tomaten*

Auf einem blauweißen Teller liegen Tomaten, ein Apfel und eine Zitrone.

27 : 35 L.

Hannover, H. von Garvens

233. *Stilleben mit Äpfeln*

Auf einer grauen Decke steht links ein Teller mit Äpfeln, rechts ein durchschnittener Apfel und ein Messer.

26 : 43 P.

Hannover, Stadtdirektor Tramm

234. *Stilleben mit Apfelsinen*

Auf einer weißrosa gemusterten Decke liegen auf einem Tablett zwei Apfelsinen und zwei Zitronen, von denen die eine angeschält ist, davor ein Wasserglas mit Löffel darin.

26 : 36 P.

Stoermer 72.

Elberfeld, Geheimrat Freiherr von der Heydt (Heise, Katal. Nr. 179)

235. *Stilleben mit Milchglas*, 1903

Ein grauer, mit Milch gefüllter Topf, ein Milchglas und ein Messer auf weißem Grund. Bezeichnet unten links: P. M. B.

26 : 30 P.

Stoermer 21.

Elberfeld, Geheimrat Freiherr von der Heydt (Heise, Katal. Nr. 182)

236. *Stilleben mit Blattpflanzen*

Auf rosaweißem Tischtuch eine Blattpflanze in rotbraunem Blumentopf. Davor eine Apfelsine und eine Zitrone und ein kleiner Strauß blauer und violetter Blumen in einem Eierbecher.

26 : 24 L.

Basel, Frau Milly Rohland

237. *Stilleben mit Astern*

Ein Strauß rötlichgelber Astern steht in einem kleinen dunkelgrünen gläsernen Henkeltopf. Blauer Hintergrund.

26 : 21 P.

Worpswede, B. Hoetger

238. *Stilleben mit Primelsträußchen*

Ein Sträußchen von gelben und gelbroten Primeln in einem dunkelgrünen Topf auf blauem Boden. Hintergrund schwarz. Bezeichnet unten links: P. B.

25 : 21 P.

Worpswede, B. Hoetger

239. *Stilleben mit Mattglasbecher und Äpfeln*

Auf dunkelgrüner Decke steht links ein kleiner Becher aus weißem Mattglas mit goldenen Rändern am Saum und am Fuß. Rechts auf einem Teller Äpfel und Kieferzweige.

22 : 30 Schiefer. – Abb.

Worpswede, B. Hoetger

240. *Stilleben mit Zitronen und Apfelsinen*

In einem irdenen Napfe zwei Zitronen und eine Apfelsine. Hinten rechts Teil eines gelben Tonkruges sichtbar.

21 : 33 P.

Hannover, Herrn. Bahlsens Erben

241. *Stilleben mit Birnen*

Auf weißer Tischplatte links ein Eierbecher mit einem Ei, rechts davon vier Birnen auf weißem, blaugerändertem Teller.

21 : 27 L.

Basel, Frau Milly Rohland

241a. *Stilleben mit Apfelsine und Zitrone*

In einer weißen Schale eine Apfelsine und eine Zitrone. Daneben ein brauner irdener Topf mit einer Pechnelke. Blaugrauer Hintergrund.

21 : 26.

Hamburg, Frau Agnes Albrecht

242. *Stilleben mit Zitrone und Radieschen*

Auf weißem Tischtuch steht links eine kleine weiße, innen blaugeränderte Schale mit abstehenden blauen Henkeln, rechts ein geblümter weißer Henkeltopf, davor eine angeschnittene Zitrone und Radieschen. Bezeichnet unten links: P. B.

18 : 28 P.

Berlin-Lichterfelde, Frau Professor Weinberg

243. *Stilleben mit Krug*

Auf weißgrauer Tischdecke links ein gelber Henkelkrug mit Ausguß, in dem eine einzelne rote Bohnenblüte steht. Rechts ein Glasleuchter. Vorn Orangen und Zitronen, hinten ein weißgraues Tuch aufgehängt.

Reproduziert in Stoermers Katalog S. 12.

Das Herrn Dr. von der Heydt gehörende Bild befand sich bei Kriegsausbruch in dessen Wohnung, Claridgestreet, Mayfair, London.

Landschaften

244. *Landschaft mit rotem Haus*, um 1900

Im Vordergrund ein dunkler Baum, in der Mitte hinten ein rotes Ziegeldach, rosagraue Luft. Bezeichnet unten rechts: P. M. B.

70 : 45 P.

Stoermer 28.

Fischerhude, Otto Modersohn

244a. *Landschaft mit kahlem Bäumchen*

Vorn rechts ein schlankes entlaubtes Baumstämmchen. Links ein Bauernhaus.

60 : 45 P.

Hamburg-Hochkamp, Dr. Rauert

244b. *Herbstlandschaft mit Birken*

An einem graugelben sich nach links verhörenden Moordamm vereinzelte Birkenstämme. Im Hintergrunde Bauernhäuser und Ställe. Herbst. Bäume zum Teil noch belaubt.

54 : 46 P.

Fischerhude, Otto Modersohn

245. *Landschaft mit Birken*

Gruppe von Birkenstämmen auf einer Waldwiese, hinten dunkle Bäume.

53 : 39 P.

Worpswede, B. Hoetger

246. *Mondscheinlandschaft*

Eine ruhende Frau, ein Kind und eine Kuh.

50 : 63 L.

Hannover, H. von Garvens

246a. *Herbstlandschaft mit Birken*

Dieselbe Szenerie wie Nr. 244b. Herbst. Bäume kahl. Dunstige Silberluft.

50 : 38 P.

Fischerhude, Otto Modersohn

247. *Vordergrundstudie mit Schmetterling*

Dunkles, mit gelben Huflattichblüten bedecktes Heidegelände, darüber in grauer, bewölkter Luft ein brauner Schmetterling. Links hinten rote Dächer.

48 : 73 L. – Abb.

Bremen, Frl. Hedwig Gildemeister

248. *Weidender Schimmel*, 1902

Silbergrüne Wiese mit weidendem Schimmel. Violette Luft.

47 : 63 P.

Stoermer 20.

Fischerhude. Otto Modersohn

249. *Blühende Weiden*, 1900– 1901

Gelbe, blühende Weidenzweige vor Landschaft. Helle Wolken. Bezeichnet: P. M. B.

46 : 41 P.

Stoermer 16.

Hannover, H. von Garvens

249a. *Landschaft. Felder*

Grauer Himmel. – Früher Rückseite von 244 a.

45 : 60 P.

Hamburg-Hochkamp, Dr. Rauert

250. *Landschaft*

Gebüsch und Baum vor heller Luft. Hinten rechts zwei Häuser, von denen das linke ein rotes Dach trägt.

45 : 57 P.

Fischerhude, Otto Modersohn

250a. *Landschaft*

Vorn vier, oben durch den Bildrand abgeschnittene Birkenstämme. Im Hintergrunde eine Baumgruppe, vor der zwei Birken stehen. Blaugrauer Himmel. Links unten mit Bleistift: 1904

45 : 38 P.

Bremen, James Heye

251. *Landschaft nach dem Gewitter*, 1903

Links ein Regenbogen. Im Hintergrunde Bauernhäuser, unter ihnen in der Mitte ein hellrotbeschienenes. Vorn zwei Bäume.

Bezeichnet unten links: P. M. B. – Auf der Rückseite flüchtig skizziert: Bäuerin mit Kind. Datiert: 03.

43 : 59 P.

Stoermer 4.

Reinbeck, Dr. Bruhn

252. *Landschaft*, um 1901

Durch vereinzelte, schlanke Baumstämme im ersten, hellen Grün blickt man auf eine Weide. Vorn dunkle Moorerde, am Horizont Baumkronen. Hellblauer Himmel mit weißen Wolken.

42 : 62 L.

Bremen, Dr. Becker-Glauch

253. *Landschaft mit Worpsweder Bauernhaus*

Vorn Bäume, im Mittelgrunde ein Bauernhaus aus rotem Backstein mit grauem Balkenwerk. Auf der Rückseite eine mit 1903 datierte Studie der sitzenden Armenhäuslerin.

41 : 57 P.

Fischerhude, Otto Modersohn

254. *Landschaft mit weißer Ziege*

»Silbergrüne Weide in heller Luft.«

41 : 54 P.

Stoermer 11.

Fischerhude, Otto Modersohn

254a. *Landschaft mit Bauernhaus*

Der Giebel des strohgedeckten Bauernhauses zwischen grünen Bäumen. Im Vordergrunde links blaugrünes Feld – rechts grasüberwachsener Weg. Luft lichtblau dunstig.

41 : 40 P.

Fischerhude, Otto Modersohn

255. *Landschaft mit Dahlien*

Im Vordergrund rote Dahlien, hinten Felder. Rechts hinter Bäumen ein Bauernhaus.

40 : 62 P.

Hannover, Stadtdirektor Tramm

255a. *Winterlandschaft*

Auf der winterlichen nach vorn abschüssigen Dorfstraße rodeln vier Kinder. Rechts vorn steht ein kleines Mädchen. Hinten Gehöfte mit rosa Häusern. Mattblauer Himmel mit weißer Sonnenscheibe. Datiert unten links: 03. Rückseite: Stämme einer Baumreihe, im Hintergrund Waldrand.

40 : 55 P.

Fischerhude, Otto Modersohn

255b. *An der Hamme*

Der blaugraue Fluß biegt rechts bildeinwärts. Auf ihm im Vordergrunde drei Moorkähne mit dunklen Segeln, auf zweien je eine Person sichtbar. Weiterhin noch ein Kahn. Im Hintergrunde erscheinen drei Segel. Hinter dem Wasser grüne Wiese. Blaugrauer Himmel.

40 : 54 P.

Charlottenburg, Dr. Pretokowsky

256. *Landschaft mit Bauernhaus*

Rechts ein strohgedecktes Bauernhaus, links hinten rote und gelbe Blumen und eine weiße, blütenbedeckte Wiese.

40 : 53 P.

Basel, Frau Milly Rohland

257. *Landschaft mit Föhren*, 1901

»Silbergrünes Land. Silberblaue Luft.«

40 : 53.

Stoermer 27.

Hannover, Frau Oberleutnant Spindler

258. *Landschaft mit drei Bäumen*

Drei vereinzelte Bäume auf grünbewachsener Düne. Hinten links ein Waldhügel.

37 : 56 P.

Worpswede, B. Hoetger

259. *Landschaft mit weidender Kuh*, 1901

In grauer Dämmerung eine braune Kuh auf der Wiese. Hinten links ein rotes Haus.

37 : 57 P.

Stoermer 10.

Fischerhude, Otto Modersohn

Radierungen

(Angabe der Maße in Millimetern.)

1. *Sitzender Mädchenakt*

Flüchtig umrissener Körper eines halb nach links gewendet sitzenden Mädchens. Nur die Umrisse des Kopfes, der Brust und der Arme deutlicher ausgeführt. Fragment.

190 : 149.

Unbeschrieben.

2. *Sitzende Alte*

Eine alte Bäuerin sitzt von vorn gesehen in einem Lehnstuhl auf einer Wiese, die Hände auf den Knien ruhen lassend. Im Hintergrunde zwischen Bäumen ein Bauernhaus.

190 : 145.

Stoermer 50.

3. *Blinde Frau im Walde*

Eine Bäuerin geht mit vorgestreckten Händen und gesenkten Augen nach links. Im Hintergrund Kieferngestrüpp. Am Boden zahlreiche Pilze.

154 : 133.

Stoermer 48.

4. *Die Frau mit der Gans*

Eine alte Bäuerin geht, auf einen Stab gestützt, nach rechts. Hinter ihr her läuft eine Gans mit vorgestrecktem Halse.

123 : 171.

Stoermer 47.

5. *Bildnis einer Bäuerin*

Das Brustbild der Dargestellten erscheint im Rechtsprofil. Hinter ihr eine Reihe von schlanken Baumstämmen auf dunklem Erdreich.

100 : 141.

Stoermer 49.

6. *Die Gänsemagd*

An einem Ziehbrunnen kauert, das Antlitz hinter dem aufgezogenen rechten Knie verborgen, eine Bäuerin. Links neben ihr ein weinendes kleines Mädchen, das eine Schürze vor das Gesicht drückt. Neben den beiden rechts eine Gänseherde, hinten eine Landstraße, Felder und zwei Bauernhäuser.

251 : 203.

Stoermer 51.

7. *Zwei Bauernmädchen*

Die beiden Mädchen sitzen neben einem schlanken Birkenstamm etwas nach links gewendet am Boden.

140 : 100.

Stoermer 52.

8. *Sitzendes Kind*

Ein kleines Bauernmädchen sitzt, im Profil nach links gewendet, am Boden. Hinten links flüchtig angedeutet zwei Kindergestalten. Fragment.

84 : 120.

Stoermer 54.

9. *Landschaft unter Bäumen*

Auf ansteigendem grasbewachsenen Erdreich vereinzelte Bäume. Hinten rechts die Umzäumung eines Besitzes, hinter der ein Gehölz angedeutet ist.

99 : 138.

Stoermer 53.

10. *Die Frau mit der Kuh*

»Landschaft in Dämmerung, zwei Birken und weiße Wolke.«

Stoermer 46.

Mir ist kein Abdruck bekannt geworden.

Zeichnungen

In den öffentlichen Sammlungen zu Bremen, Hamburg und Hannover, in den nachbenannten Privatsammlungen und bei den Angehörigen der Künstlerin befinden sich manche Zeichnungen, von deren Registrierung indessen Abstand genommen wurde, weil es

noch als verfrüht erschien, in dem ungesichteten Material eine
Grenze zwischen dem Wesentlichen und Unbeträchtlichen zu ziehen. Paula Becker erweist sich auch hier und gerade hier als eine
Künstlerin, deren Gesinnung Einfachheit und Größe verbindet. Aus
den ersten Worpsweder Jahren ist namentlich eine Reihe von le-
bensgroßen Studienköpfen erhalten, in denen die Charaktere der
Dargestellten als schlicht monumentalisiert erscheinen. Aus den
späteren Jahren finden wir vorzugsweise Umrißzeichnungen, von
denen einige als Studien für bekannte Gemälde gedient haben. Der
formale Charakter verrät die ganz auf das Malerische gerichtete
Begabung; die umrissenen Flächen warten auf die Farbe, die indessen nur ausnahmsweise in Aquarelltönen oder mit dem Pastellstift
andeutend hinzugefügt wurde. Das Material ist fast überall Kohle
oder Kreide.

In den folgenden Notizen sind nur einige der wichtigsten Blätter
hervorgehoben.

Bremen, Kunsthalle: Stillende Mutter. Lebensgroß. Farbige Kreide.
– Mutter und Kind. Studie zu dem Bilde. Nr. 144. 31 : 23. – Kopf
eines Säuglings, Bleistift. Studie zu dem Bilde, Nr. 128. 25,8 : 28,5.

Hamburg, Kunsthalle : Kopf einer alten Frau. Kohle. – Bildnis des
alten Bredow. Kohle.

Hannover, Kestner-Museum : Alte Bäuerin. Lebensgroße Halbfigur. Farbige Kreide. 72 : 46. – Stillende Mutter. Kohle. 76 : 49.

Basel, Frau M. Rohland: Mehrere Zeichnungen. – *Bremen*, Frau
Baurat Becker: Desgleichen. – *Elberfeld*, Geheimrat Freiherr- von der
Heydt: Alte Bäuerin. Halbfigur. Kohle. 80:49. – *Essen*, Dr. Morian,
Brustbild einer Frau. Kohle. 45:65. Desgl. Kohle und Rötel. 65 : 40. –
Fischerhude, Otto Modersohn: Mehrere Zeichnungen. – *Hannover*,
Prof. Dr. G. Biermann: Der alte Bredow. Pastell 65 : 45. – H. v. Gar-
vens : Alte Bäuerin mit Stecken. Kohle und Pastell. 74 : 46. – Dip-
lomingenieur Fiedeler, Carl Weber, Dr. Wedekind: Mehrere Zeich-
nungen. – *Köln* a. Rh., Ad. Bühling: Sitzender Bauer. Farbige Kreide.
80 : 43. – Eugen Jansen: Alter Bauer. Kohle. 70 : 46. – Alte Bäuerin
mit Stock. Kohle. 76,5 : 43,5. – Dr. W. Leyhausen: Mädchenkopf.
Rötel. 61 : 39. – Frl. Grete Lippmann, Mädchenkopf. Kohle. 30 : 45. –
Worpswede, B. Hoetger: Bauernmädchen im Linksprofil. Schwarze
Kreide und Rötel 50 : 36. – Kopf einer Bäuerin. Kreide und Rötel. 46

: 34. – K. E. Uphoff: Ruhender weiblicher Akt. Fast lebensgroß. Kohle.

Besitzer P. Modersohnscher Bilder

Basel:

Frau Milly Rohland 89, 200, 236, 241, 256 und Zeichnungen.

Berlin:

Dr. A. Brinckmann 212.

Staatssekretär von Kühlmann 112.

Frau Wanda Frischen 113c, 221a.

Berlin-Lichterfelde:

Frau Professor Weinberg 81, 105, 204, 211, 242.

Bonn:

Frau Ebba Laurentsson 39.

Bremen:

Kunsthalle 27, 31, 118, 184, 193, 205 und Zeichnungen.

Frau Baurat Becker 49a, 91a, 149b, 152a, 157 und Zeichnungen.

Dr. K. Becker-Glauch 64, 104, 127, 206, 209, 218, 252.

Dr. Franz Boner 123.

Fräulein Hedwig Gildemeister 247.

James Heye 103a, 110a, 250a.

Frau E. Jacobs 20, 77a.

Frau Generalkonsul St. Michaelsen 222.

Ludwig Roselius 62.

Frau Toni Schütte 202.

Dr. med. K. Specht 160a.

Cassel:

Landgerichtspräsident Dr. Modersohn 128a.

Charlottenburg:

Karl Jakob Hirsch 8.

Frau Dr. Hirsch-Lotz 45, 153.

Dr. Pretokowsky 70a, 255b.

Frau Marie Thiele 89a.

Dresden:

Amtsgerichtspräsident Dr. Becker 187a.

Düsseldorf:

Galerie Flechtheim 194.

Eddelsen:

Graf Kalckreuth 9, 86.

Elberfeld:

Kaiser-Wilhelm-Museum 189.

Geheimrat Freiherr von der Heydt 29, 34, 40, 61, 65, 71, 76, 80, 82, 88, 98, 103, 117, 122, 139, 140, 149, 150, 159, 166, 176, 181, 187, 188, 207, 234, 235 und Zeichnung.

Dr. Freiherr von der Heydt (London) 243.

Fischerhude:

Frau Clara Rilke-Westhoff 128, 168.

Otto Modersohn 1a, 2a, 2b, 2c, 10a, 22, 26, 30, 32, 33, 41, 42, 48, 49, 49b, 50, 50a, 50b, 51, 56a, 59, 59a, 62a, 72,77, 79, 84, 84b, 85a, 91, 93, 96, 97a, 97b, 102a, 106, 107, 108, 117a, 125a, 134a, 144, 145, 146, 147, 149a, 149c, 154, 156a, 157a, 160, 162, 165, 167, 169, 172, 182, 213, 231, 244, 244b, 246a, 248, 250, 253, 254, 254a, 255a, 259.

Frankfurt a. M.:

Städtische Galerie 113b.

Frau Pauline Kowarzik 138, 152.

Hagen:

Folkwang-Museum 3.

Hamburg:

Kunsthalle 38, 70, 85 und Zeichnungen.

Frau A. Albrecht 241a.

Hamburg-Gr.-Flottbeck:

O. Winter 55.

Hamburg-Hochkamp:

Dr. P. Rauert 37a, 51a, 70b, 84a, 113a, 218a, 244a., 249a. 84

Hamm:

Dr. med. Löhnberg 17, 53, 60, 90, 175, 228.

Hannover:

Kestner-Museum 16, 58, 102, 151, 198, 208, 230 und Zeichnungen.

Herrn. Bahlsens Erben 15, 21, 44, 54, 67, 73, 83, 92, 100, 161, 191, 192, 199, 210, 215, 223, 240.

Prof. Dr. Georg Biermann 24.

H. von Garvens 2, 4, 23, 43, 57, 163, 179, 180, 183, 190, 196, 197, 214, 232, 246.

Diplomingenieur Fiedeler 126 und Zeichnungen.

Frau Oberleutnant Spindler 257.

Stadtdirektor Tramm 14, 66, 119, 130, 132, 133, 135, 221, 233, 255.

Köln:

Ad. Bühling, Zeichnung.

Eug. Jansen, Zeichnungen.

Dr. W. Leyhausen, Zeichnung.

Lübeck:

Museum 106a 249.

Dr. C. G. Heise 5, 141.

Mannheim:

Dr. H. Kurt Danziger 166, 220.

München:

Dr. W. Wiegand 134.

Reinbeck:

Dr. Bruhn 251.

Stuttgart:

Frl. Käthe Löwenthal 96a.

Worpswede:

Ludwig Bäumer 143, 148.

Frau Fritsch 74.

B. Hoetger 1b, 6, 7, 10, 12, 13, 18, 19, 25, 28, 35, 36, 37, 52, 56, 63, 75, 87, 95, 97, 99, 113, 114, 115, 116, 121, 124, 125, 131, 137, 142, 154, 158, 164, 170, 171, 178, 185, 186, 195, 203, 219, 226, 237, 238, 239, 245, 258 und Zeichnungen.

H. Vogeler 68, 101, 120, 224, 225, 229.

K. E. Uphoff 177 und Zeichnung.

Unbekannt: 69,78,94,109,110,111, 129, 136, 173, 174, 201, 216, 217, 227.

Über tredition

Eigenes Buch veröffentlichen

tredition wurde 2006 in Hamburg gegründet und hat seither mehrere tausend Buchtitel veröffentlicht. Autoren veröffentlichen in wenigen leichten Schritten gedruckte Bücher, e-Books und audio-Books. tredition hat das Ziel, die beste und fairste Veröffentlichungsmöglichkeit für Autoren zu bieten.

tredition wurde mit der Erkenntnis gegründet, dass nur etwa jedes 200. bei Verlagen eingereichte Manuskript veröffentlicht wird. Dabei hat jedes Buch seinen Markt, also seine Leser. tredition sorgt dafür, dass für jedes Buch die Leserschaft auch erreicht wird.

Im einzigartigen Literatur-Netzwerk von tredition bieten zahlreiche Literatur-Partner (das sind Lektoren, Übersetzer, Hörbuchsprecher und Illustratoren) ihre Dienstleistung an, um Manuskripte zu verbessern oder die Vielfalt zu erhöhen. Autoren vereinbaren direkt mit den Literatur-Partnern die Konditionen ihrer Zusammenarbeit und partizipieren gemeinsam am Erfolg des Buches.

Das gesamte Verlagsprogramm von tredition ist bei allen stationären Buchhandlungen und Online-Buchhändlern wie z. B. Amazon erhältlich. e-Books stehen bei den führenden Online-Portalen (z. B. iBookstore von Apple oder Kindle von Amazon) zum Verkauf.

Einfach leicht ein Buch veröffentlichen: **www.tredition.de**

Eigene Buchreihe oder eigenen Verlag gründen

Seit 2009 bietet tredition sein Verlagskonzept auch als sogenanntes "White-Label" an. Das bedeutet, dass andere Unternehmen, Institutionen und Personen risikofrei und unkompliziert selbst zum Herausgeber von Büchern und Buchreihen unter eigener Marke werden können. tredition übernimmt dabei das komplette Herstellungs- und Distributionsrisiko.

Zahlreiche Zeitschriften-, Zeitungs- und Buchverlage, Universitäten, Forschungseinrichtungen u.v.m. nutzen diese Dienstleistung von tredition, um unter eigener Marke ohne Risiko Bücher zu verlegen.

Alle Informationen im Internet: **www.tredition.de/fuer-verlage**

tredition wurde mit mehreren Innovationspreisen ausgezeichnet, u. a. mit dem Webfuture Award und dem Innovationspreis der Buch Digitale.

tredition ist Mitglied im Börsenverein des Deutschen Buchhandels.

Dieses Werk elektronisch lesen

Dieses Werk ist Teil der Gutenberg-DE Edition DVD. Diese enthält das komplette Archiv des Projekt Gutenberg-DE. Die DVD ist im Internet erhältlich auf **http://gutenbergshop.abc.de**